Кръстю Мушкаров

Мъртва магия

София
2015 г.

Мъртва магия

ISBN 978-619-90474-0-8

"Всяка достатъчно развита технология е неразличима от магия"

Артър Кларк

Предговор

Живеем във време и общество, в които справедливостта и добротата като че ли не се ценят достатъчно. Единственият Бог, на който се кланяме, са парите. Това силно потиска някои от нас и ни кара да мечтаем за светове, в които нещата са по-различни, по-добри. Да мечтаем за приключения, за сблъсъци и стълкновения, в които, разбира се, накрая Доброто побеждава. Макар да е по детски наивна, тази мечта помага на приятелите на фантастиката и фентъзито да преживеят поредния сив и скучен ден, като ги потапя в друга, измислена вселена. В реалност, която по някакъв начин отразява виждането ни за това какъв трябва да е светът, в който живеем, какъв можем да си го направим, ако само посмеем да помечтаем. Фентъзи световете са подвластни на магията, фантастичните са пълни с технологии, но и едното и другото са просто инструменти в ръцете на авторите. Инструменти, които дават възможност на героите им да извършат велики дела, за да направят световете, които обитават, по-добри.

Отдавна ми се искаше да видя история, която смесва технологии и магии. Чел съм произведения, които донякъде реализират подобна идея, но така или иначе, реших да се опитам да напиша и аз нещо в тази посока. Дали се е получило - ще прецените вие, читателите, ако решите да се потопите в поредния измислен свят, в който Доброто и Злото са се вкопчили в най-важната от всички битки. Битката за надмощие над умовете на хората.

Първа глава: Рие-Ка

Ян вече се унасяше в сън, когато чу някакъв странен шум. По-точно, не чу нищо, усети някакъв странен шум. Сякаш някаква беззвучна вълна премина през тялото му, оставяйки след себе си усещане за тревога и пустота. Той скочи от леглото и грабна първото му попаднало оръжие. В следващия момент избухна в смях. Изборът му не беше особено удачен - трудно щеше да уплаши крадец с тенис ракета.

Живееше сам в малко двустайно жилище на деветия етаж, и един поглед към входната врата разсея опасенията му - беше непокътната. Зави по късото коридорче към банята и в следващия момент се озова на пода. Нападателят му ловко го беше съборил, без въобще да го усети. Разтривайки натъртеното си рамо, Ян се опита да се изправи, но пак се строполи долу. Огледа се, търсейки заплахата, но не я откри. Тогава почувства, че лежи върху нещо. Опита се да стане по-внимателно и този път успя. Нямаше никой, беше се подхлъзнал в локва от някаква мазна течност, озовала се като по чудо в коридора му. В средата й неподвижно лежеше свито тяло. Все още опитвайки се да проумее какво става, Ян се наведе, за да го огледа.

Тялото беше на жена. Дългата черна коса, разпиляна върху него, почти напълно прикриваше факта, че нямаше дрехи. Смутен и объркан от появата й, Ян я разтърси, очаквайки от нея обяснение. Тогава разбра, че не диша. Повдигна я и опря лицето й във висящото на стената над нея огледало. Изчака няколко тревожни секунди. Така си беше, не се появи следа от дъх, никакво замъгляване не наруши огледалната повърхност. Опита се да напипа някакъв пулс, но не успя. Отчаян, той се опита да прецени ситуацията.

Животът му не беше изпълнен с драми и премеждия, беше по-скоро сив и монотонен. Рядко се забъркваше в неприятности, предимно понеже отдалече заобикаляше ситуации и места, на които неприятностите възникват. Ян си го харесваше такъв - прост и предсказуем. И в този скучен и подреден живот нямаше място за обвинение в убийство. Това не биваше да се допуска.

Сети се че от момента на странния шум не бе изминала и минута. Може би жената беше още жива, може би можеше да я спаси? Обърна я по очи и от устата й потече тънка струйка от същата течност, в която се беше подхлъзнал. Нямаше съмнение, че и дробовете й бяха пълни с нея.

Сложи я да легне по гръб, опитвайки се да си спомни какво се правеше в такива случаи. Сети се: дишане уста в уста, като държи носа й запушен. Опита няколко пъти, но без резултат. Тогава сплете пръстите на двете си ръце точно над сърцето й. Натисна силно с длани, после пак. И пак. Накрая я удари леко с юмрук по диафрагмата, за да накара болитс й дробове да изхвърлят постата течност. След няколко неуспешни опита дрезгавия хрип на кашлицата й беше награда, надхвърляща многократно усилията и надеждите му. Убеди се, че вече диша, макар и много плитко и повърхностно. Понечи да я залее със студена вода, за да й помогне да се свести, но се спря навреме, ругаейки се на ум - та тя беше цялата мокра, и вероятно премръзнала.

Зави я с едно одеяло и я сложи да легне на малкото диванче в ъгъла на стаята. Беше й по мярка. Чудеше се какво друго да направи за нея. Нямаше никаква идея как се беше появила от нищото в скромното му жилище. Но сега поне имаше шанс да я попита, след като се свести. Огледа я още веднъж преценяващо, стори му се че дишането й вече е по-дълбоко и ритмично. Седнал на пода пред нея така и не усети кога задряма.

***

Не разбра какво го извади от унеса, нито колко точно бе спал. Но се събуди изведнъж, усещайки върху себе си втренчен, напрегнат поглед. Жената се беше съвзела и го наблюдаваше през покриващите лицето й коси с поглед на диво животно, хванато в клетка.

- Я, събудила си се! - прохриптя сухото още гърло на Ян, опитвайки се да разведри малко обстановката. Жената не реагира на думите му, погледът й се опитваше да го изпари. Ян се отдръпна малко назад, давайки й пространство. Не се изправяше, защото не искаше тя да се почувства още по-уплашена, отколкото вече беше.

Тя изтълкува действията му напълно погрешно. Скочи на крака, и все още завита с одеялото се приведе леко напред, сякаш готвейки се за скок. Изглеждаше почти комично, но нещо в нея - позата ли, лицето ли, издаваше скрита сила и явна заплаха.

- Виж, защо просто не се успокоиш, става ли? - вече с нормален глас каза Ян.

- Нищо няма да ти направя, искам само да ти помогна! - Стараеше се да говори тихо и равномерно, така че самото звучене на думите му да намали тревогата й. А наум ядосано добави "За да се махнеш по-бързо, и да се върна към привичното си ежедневие".

Тя протегна напред дясната си ръка и обърна дланта си към него. В жеста й имаше толкова сила и енергия, сякаш искаше да спре локомотив. След това каза нещо, по-скоро го изпя. Беше на език, какъвто никога досега не беше чувал, много ритмичен и музикален. Жената изглежда очакваше нещо, и когато то не се случи, повтори жеста и думите. Този път те звучаха някак не толкова напевно, с метални нотки, почти като заповед. Енергията, която вложи в движението си, вече можеше да спре кораб.

Ян я гледаше слисано. Не можеше да проумее какво се очаква от него. Няколко мига се изучаваха един друг без дори да трепнат. След това жената се свлече, безпомощно ридаейки. Изведнъж бе изгубила цялата си ярост и гняв, на лицето й, раздирано от почти детско хлипане, се четеше отчаяние. Повтаряше непрекъснато "Сил Ка-Яр", което той не можеше да разбере.

Хвана я за раменете и отново се опита да я успокои:

- Хей, нищо не е станало, жива си, добре си. Искаш ли да хапнеш нещо?

Тя понечи да се отскубне от него, заудря го с малките си юмруци където свари, но той просто я държеше за раменете. И в един момент ударите спряха. Тя се отпусна назад, загръщайки се по-плътно с одеялото си. Одеялото, което той й беше дал, се бе превърнало в единствената й защита.

Треперенето на тялото й полека замря, тя остана свита в ъгъла, подсмърчайки от време на време. Гледаше го с празните, безизразни очи на жертвено агне. Не че някога беше поглеждал в такива очи, така си представяше, че изглеждат.

Мъчейки се някак си да достигне до нея, Ян посочи гърдите си и каза:

- Ян.

После посочи към нея очакващо.

- Рие-Ка - едва успя да долови шепота на името й.

- Ето значи, аз съм Ян, ти си Риека. Гладна ли си? - повтори въпроса си, като този път го придружи с универсалния жест на поставянето на нещо в устата. Отговорът беше очевиден по разширените й очи.

За начало й даде хляб и вода. Не знаеше нищо за нея и не искаше да рискува да си навлече гнева й със зле подбрана храна. Тя го гледаше с хладно подозрение. За да го разсее той опита храната пред нея. Накрая гладът надви опасенията й, макар и да не ги разсея напълно. Опита хляба с върха на езика си, следейки изражението на Ян. Видимо успокоена, продължи. Той добави сирене и месо, като се чудеше дали не е вегетарианка. Не беше. Беше гладна.

Зачуди се как ли да разбере повече за странната си гостенка. Трябваше му нещо, което и дете би разбрало.

Нуждаеше се от опростения детски поглед към света. Тогава му дойде идея. Изрови една малка енциклопедия с картинки, останала от времето, когато беше малък. Понеже бе предназначена за малки деца, страниците й бяха от пластмаса. Затова и беше оцеляла до сега, устояла на грубото отношение, на което често бе подлагана. Имаше към стотина думи, но в случая това беше добре дошло. Малкият им брой правеше търсенето по-лесно, а и категориите бяха по-общи. Липсата на по-специфични понятия засега поне не му пречеше.

Протегна книгата към Рие-Ка, като внимаваше да не я уплаши. Беше наблюдавал погледа й, начина по който обхождаше всеки предмет в малката стая с еднакъв интерес. Не можеше само да прецени дали голям или малък бе той, и доколко обстановката беше непозната за нея. Тя я прелисти незаинтересовано. След това изведнъж го разбра, напълно и докрай, като че ли четеше мислите му. Започна да отгръща страниците развълнувано, и изведнъж спря, и обърна книгата към него, за да му покаже открИтието си. Беше снимка на езеро.

Рие-Ка показа с пръсти как ходи към езерото и влиза в него, след това вдигна рамене в неразбиращ жест. Май не сме толкова различни, щом поне жестовете ни са еднакви - предположи Ян. В отговор на въпроса й той я заведе пред огледалото, където я беше намерил. Хлъзгавата локва с вода вече имаше някакво обяснение, но какво общо имаше огледалото. Тя се зае да го разучава. Не я притесняваше отражението й, по-скоро не разбираше защо не може да бръкне в него с ръка. Беше ясно че никога в живота си не е виждала нещо подобно.

В този момент на вратата се позвъни.

Втора глава: Тиана

Неусетно беше минало доста време. Тъмните оттенъци на нощта се бяха сменили с розовите краски на утрото, които на свой ред бяха отстъпили краткото си царуване на топлата светлина на деня. Вече официално встъпил в длъжност, той изискваше от хората да му се подчинят и да се заемат с обичайните си задължения. Добре, че беше почивен ден, това донякъде ограничаваше властта му.

Ян припряно набута недоумяващата Рие-Ка в гардероба с дрехи. Показа й с пръст пред устата, че иска от нея да мълчи, но не беше сигурен дали го разбра. Тя изрази несъгласието си много яростно, макар и напълно безшумно. След като я затвори не издаде нито звук.

Той пое дълбоко дъх, за да забави дишането си. Навлече като маска небрежно изражение и се накани да отпрати продавача, пощальона, или който там се беше домъкнал. Нямаше да го пусне да влезе, държеше ситуацията под контрол. Без да е успял да се успокои напълно, отвори входната врата. Още неоформения му план да изхвърли нашественика се провали в зародиш. На рамката на вратата усмихната се беше подпряла Тиана.

С нея бяха неразделни от деца. Много пъти си бяха помагали, бяха се спасявали един друг от неприятности. Често - забъркани от самите тях. "Умният човек се измъква от всяка неприятност, а мъдрецът не попада в нея!" казваше любимата им поговорка. Е, те бяха майстори в създаването на неприятности, поне докато бяха деца.

Съвсем бе забравил, че тя го беше помолила за помощ. Докато я настаняваше на диванчето, Ян критично огледа стаята за издайнически следи. Беше доста разбутано, което не бе характерно за подредения му характер, но поне за момента не личеше тя да е забелязала нещо. Тогава гардеробът кихна.

Тиана озадачено погледна гардероба, после Ян, после пак гардероба. Очите й отразяваха промените в настроението по-добре и от светофар. Изненадата й се смени с подозрение, после с гняв.

- Би ли ми казал кого си скрил в гардероба? И не ми казвай, че не е каквото си мисля, защото не би искал да знаеш какво си мисля точно в момента!

Ян отчаяно отпусна ръце. Нямаше смисъл да отрича, нито пък начин да обясни. Отвори гардероба и Рие-Ка излетя навън, все още завита с одеялото. Изглеждаше като пусната от буркан оса, търсеща къде да насочи натрупалата се ярост. В мига, в който съзря Тиана, тя намери посоката.

- Тя е.... Езерна пътешественичка! - горд от находчивостта си обясни Ян.

- Разбирам. И всички "езерни пътешественички" ли пътуват завити с одеяла? - опита се да овладее язвителността си Тиана. Не й се удаде.

Двете жени се гледаха гневно. Погледите им се срещнаха като шпаги, сплетени в бесен дуел. Макар и по съвсем различни причини, всяка виждаше в другата враг. Рие-Ка понечи да повдигне ръка към новата заплаха, но бързо се отказа, спомняйки си снощния неуспех. Тиана я измерваше с поглед, търсейки как да уязви съперничката си. Напрежението, увиснало в стаята като паяк на паяжина, се усещаше почти физически. Беше едновременно сковаващо крайниците и подтикващо към действие, към агресия. Преди да придобие плът и форма, преди да нападне, Ян отривисто пое въздух:

- Ще повярваш ли, ако ти кажа че я познавам едва от няколко часа, и самият аз не знам как се озова тук? - Опитваше се да напипа някакъв път през лепкавото блато на недоверието, заляло цялата стая. Въздухът с мъка стигаше до дробовете му, още по-трудно му беше да го издиша, за да оформи думи.

- Освен това щеше да се удави, не знае езика ни, сама е на непознато място и очевидно има нужда от помощ. И от дрехи - добави, гледайки намръщеното лице на Тиана. Чертите му леко се смекчиха, гневът й бавно отстъпи. Ян явно беше намерил вярната посока. Да се обърне към майчинския инстинкт за защита, най-силния инстинкт у всяка жена.

- Уф, ама и ти си един - все още ядосано го скастри Тиана. Остатъците от гнева й сега се насочиха към него.

- Толкова ли не можа да измислиш нещо. Силен пол, друг път! - недоволно мърмореше тя. Краткото й тършуване из шкафа с чисти дрехи беше възнаградено с чифт светлосини шорти и бяла фланелка.

С леко отворена уста, Рие-Ка следеше всяка тяхна дума. Погледът й се местеше от единия към другия в опит да проследи посоката на разговора.

- Но преди това - душ. - С нетърпящ възражение глас Тиана замъкна вяло съпротивляващата се Рие-Ка към банята. Чак сега забеляза сплъстената й коса, следите от вода и сълзи, които като ручейчета откриваха чисти части от лицето й през покриващата го кал. На път за банята Рие-Ка се изтръгна за момент от хватката, колкото да завие огледалото с одеялото си.

Когато след малко двете се появиха, от напрежението помежду им не бе останала и следа. Рие-Ка беше неузнаваема, вече чиста и облечена. Нещо като усмивка се опитваше да стигне до устните й, все още плътно стиснати от отчаяние и изтощение. Оставиха я да спи, не че можеха да й попречат. Тя не успя да стигне до леглото, наложи се да я пренесат до него.

***

- Така и не разбрах за какво искаше да ме помолиш? - Ян се опита да измести разговора встрани от горещата тема на деня, която непробудно спеше до тях.

- Не си мисли и за миг, че си ме заблудил! Просто ме стана жал за бедното момиче, то явно е в беда. Дори само поради факта, че е опряло до твоята помощ. - Тиана вече изглеждаше по-спокойна и готова за разговор.

- Всичко, което ти казах за нея е истина. И е единственото, което знам. Наясно съм как звучи, и за мен самия няма голям смисъл, но само това е ясно засега. Тя е скочила, или е била бутната в някакво езеро, и се е озовала тук, заедно с малко вода. Единственото общо между водната повърхност и огледалото, за което мога да се сетя, е отражението. Но досега не бях чувал някой да пътува така. И съдейки по това, че нямаше дрехи и беше полумъртва - и за нея не е много нормален начин да си прекарва дните.

- Не мога да те позная! Кой си ти, и какво направи с приятеля ми Ян? - опита да се пошегува Тиана, за да се защити някак си от странната реалност, стоварила се върху тях.

Доколкото те познавам, а се знаем от деца, ти никога не си вярвал в магия или религия - продължи тя.

- Е, очевидно вярата не е въпрос само на избор, а и на необходимост. Точно в момента не виждам друго обяснение, и ми се налага да приема наличието на магия, защото алтернативата е, че бързо губя разсъдъка си. Ти имаш лукса просто да не ми повярваш, за мен този вариант не съществува.

Ян се опитваше да запази рационалното си мислене, с което толкова се гордееше, а сега странните обстоятелства го бяха превърнали в бреме. Не беше сигурен дали въобще Тиана му вярва. Доколко е готова да сподели товара му, да го превърне в свой, да отнеме от тежестта му поне малко.

***

Когато след няколко часа Рие-Ка се събуди, на масата я чакаше топла, прясно приготвена от Тиана супа.

След импровизираната закуска, която по време приличаше по-скоро на обяд, се захванаха с лингвистични въпроси. Започнаха с изображението на езерото, което Рие-Ка нарече "мелерк". Но им потрябваха шест опита, докато докарат звученето. Ако беше малко по-дълго, се превръщаше в думата за проливен дъжд. А пък думата за вода беше просто "мел".

Много скоро изображението на всяка страница на енциклопедията беше надписано и на двата езика. Тогава стана ясно, че Ян и Тиана много трудно ще овладеят речта на Рие-Ка. Говоримият ѝ език беше мелодичен, но твърде сложен за тях, като понякога разликата между две думи беше само дължината на един звук. Паузи между думите на практика липсваха, говора се сливаше в една непрекъсната мелодия. Писменият език обаче беше същински кошмар, изпълнен със сложни линии и завъртулки. Всяка дума се изписваше с няколко пресичащи се криви. За щастие Рие-Ка се оказа роден лингвист. След като веднъж чуеше произношението на дадена дума, можеше веднага безпогрешно да я повтори. Вероятно помагаше фактът, че езикът ѝ беше много по-комплексен от техния. Така или иначе, за нея ученето се оказа като детска игра. След половин час вече си служеше с думите от новосъздадения речник толкова умело, колкото и с тези на родния си език. Запъваше се и търсеше помощ за недостигащите ѝ понятия, но говореше все по-уверено и правилно. Скоро владееше езика им достатъчно добре, за да успее да разкаже историята си.

Живеела в малко селце. Имали поля, реки, езера, гора. Препитавали се с лов, отглеждали домашни животни и растения за храна. Някои от жените, както и самата Рие-Ка, били по-особени - владеели магия. И я прилагали, за да помагат на хората си. Магията правела живота им по-лесен. Използвали я за лечение, градежи, както и при лов на по-едри животни. Понякога били нападани от голямо чудовище, Вергак, което отвличало жени. Всичките им опити да се защитят от него - независимо дали с оръжия или с магия, били напълно безполезни. Сега чудовището било дошло за нея, последната магьосница от селото. Затова потърсила помощ, преминала през езерото, и така попаднала тук.

- А защо покри огледалото? - Фините бръчици в ъглите на присвитите очи на Тиана я издаваха. Не беше повярвала на нито една дума.

- Огледало? Това, което прилича на изправено езеро? Боях се да не ме проследят. И все още се боя. Там, откъдето идвам, има много могъща и коварна магьосница.

- Картината се изясни толкова, колкото се и замъгли - беше краткия коментар на Ян. - Предполагам, че си се прехвърлила през времето, вероятно някъде от средновековието. Този Вергак може би е оцелял праисто-рически гущер, не ми е ясен, както и цялата история с магията и минаването през езера. Поне разбрах страха ти от Тиана снощи - помислила си я за друга, враждебна магьосница. Но какво беше това "силкар", което повтаряше, и което толкова те разстрои?

Рие-Ка не го разбра веднага:

- Силкар? - Тя опипваше думата с езика си, сякаш се опитваше да изсмуче значението й. - Силкар... Не се сещам за такава дума.

- А, имаш пред вид "Сил Ка-Яр" - лицето й помръкна. - Това значи "Мъртва магия", или по-точно - "Място с мъртва магия". Разбирате ли, там, откъдето идвам, магия има навсякъде. Някъде по-силна, някъде по-слаба, но винаги присъства и се усеща. - Рие-Ка се опитваше да обясни тревогата си на двамата зяпнали я слушатели.

- Сил Ка-Яр не съществува, това е нещо с което плашим непослушните деца. С което плашех малката си дъщеричка! - Емоциите я стиснаха за гърлото с желязна хватка, с лекота преодоляха опита й да си възвърне контрола, и избиха през очите й под формата на сълзи.

- Какво ли прави без мен сега? - След миг се овладя и продължи:

- Не знам къде съм попаднала, но тук магията е мъртва. Не я усещам, не мога нищо да направя! - Потуши надигащото се чувство на паника и безпомощност.

- Когато избягах, оставих селото си без защита. Направих го само защото исках да доведа помощ, да намеря начин да спра Вергака. Събрах цялата си сила за да дойда до тук... а сега не мога да се върна. За хората си, аз все едно че съм мъртва...

Увисналата тишина беше гъста и лепкава. Проникваше през ноздрите им, задушаваше ги. Протегна сгърчените си пръсти дълбоко в тях и сграбчи сърцата им. Да, беше ясно, че Рие-Ка има нужда от помощ, но какво можеха да направят те? Как можеха да я върнат обратно? И щеше ли да преживее пътуването, което на идване едва не я беше погубило? Вече не толкова скептична, Тиана реши да започне с последния въпрос, той изглеждаше най-лесно смилаем:

- Би ли ни разказала малко повече за това твое пътуване между езерата?

- Ами, използва се магия, разбира сс. - Рис Ка не криеше благодарността си, че поне бяха готови да я изслушат. - Така магьосничките пътуват до по-далечни места - там, където е нужна помощта им. Първо гледаш отражението си, мястото от където тръгваш. После си представяш къде искаш да отидеш, влизаш във водата, и излизаш от другото езеро. Но нищо неживо не може да премине. Нито оръжие, нито дреха, нито дори украшение, нищо. Затова обикновено ни посрещат с чисти дрехи. Правим защитна магия, нещо като балон пълен с въздух около нас, и така водата не ни достига. От вашата страна обаче магията е мъртва. И щях да се удавя... - Тя засрамено обърна поглед встрани.

- Не разбирам само защо реши, че аз мога да ти помогна? - недоумяваше Ян, силно впечатлен от историята на младата майка.

- Не аз, магията те е избрала. Аз не знаех къде отивам, просто си представих място, където мога да намеря помощ и магията ме доведе тук.

Ян се замисли.

- Имаме добри оръжия, вярно, но аз не съм военен, и не мога да си служа с тях. Няма и как да набавя. Но дори да можех - няма начин да ги прехвърлим, нали не са живи. Дори магията да работеше...

Тиана му хвърли бесен поглед за проявената нетактичност. Рие-Ка прехапа тънките си устни, спомняйки си отново за дъщеря си, която никога повече нямаше да види.

Трета глава: Кришла-Ка

На другата сутрин Тиана ги изведе на пазар. Времето беше мрачно, опитваше се да вали. Вторият почивен ден не беше толкова хубав и щедър на слънце като първия, но за Рие-Ка това нямаше никакво значение. Широко отворените й очи жадно поглъщаха околния свят, тя ги засипваше с въпроси. Накрая просто застина, с лице прилепено към прозореца на автомобила. Диханието й замъгляваше стъклото, тя го избърсваше припряно с ръка и продължаваше да попива сградите и улиците, разкриващи се пред нея. Повече не обели и дума, чак докато не пристигнаха.

Универсалният магазин беше пищно украсен с ярки рекламни светлини и примамваше минувачите отдалече. Цялата му фасада беше добре проектиран капан за внимание - лесно го сграбчваше, и после много трудно го пускаше. Погледът на Рие-Ка се прикова в пъстрите примигващи табла и не спря да ги следи, докато не влязоха вътре. След това разноцветните щандове започнаха ожесточена битка за интереса й. Магазинът беше на четири етажа и ако не беше Тиана, с плана си за пазаруване, един ден нямаше да им е достатъчен. Не стига другото, ами Рие-Ка постоянно се опитваше да проба новопридобитите си езикови умения, и се чувстваше едва ли не длъжна да поздрави всеки срещнат, да го попита как е, какво продава, или откъде е купил стоката. Много от хората дори не успяваха да осъзнаят, че говорят с човек, усвоил езика им преди часове. На останалите обясняваха лекия акцент с посещение на задграничен роднина.

Бързо приключиха с покупките на храната, но когато стигнаха до третия етаж - с дамските дрехи, Ян забеляза задаващите се на хоризонта облаци. Вложи цялата си воля да следва двете пазаруващи жени. И за известно време това му се удаваше. Не след дълго обаче търпението му започна да се изчерпва. При поредния щанд за шапки вече не издържа, и заяви че ще си почине и ще погледа кораловите рибки. Те безгрижно плуваха в голям плитък басейн, украсен със сложни орнаменти. Цветно осветление допълваше багрите на тропическата феерия, разстлала се пред погледа му.

Обмисляше разказа на Рие-Ка, като се опитваше да си представи какво би било да живее в нейния свят. Свят, подвластен на магията, но очевидно - нито по-мирен, нито по-справедлив от неговия. Там бяха развили магията, тук - технологиите, но с това разликите свършваха. Злото беше навсякъде, може би по-слабо, но определено по-добре организирано от доброто. Което пък нехаеше, заровило глава в грижи за ежедневните дреболии, увлечено от мисълта за личното щастие. Всеки човек сам за себе си, без тънките нишки на любовта, състраданието и грижата за другия. Невидими и неосезаеми нишки, които свързваха хората и изплитаха тъканта на обществото. Та как би могъл някой да е истински щастлив, ако до него друг се гърчи в нещастие и мизерия? Как би могъл някой да е толкова устремен към собственото си благополучие, че да го постига за сметка на нещастието на друг, макар и непознат човек?

Женски писък го изтръгна грубо от мислите му. Стреснат, той потърси източника на гласа. След това проследи погледа и потръпна. В средата на изкуственото езеро, внимателно заобикаляно от развелите пъстри плавници рибки, безжизнено се носеше тялото на едър мъж. Но не това беше най-странното. Човекът нямаше никакви дрехи.

Докато се опитваше да осмисли този факт, да му намери място в съзнанието си, да го свърже с всичко друго, което вече знаеше, се появи второ тяло. Залисан от глъчката в магазина, потънал в собствените си мисли, Ян не беше обърнал внимание на появата на първия мъж. Но сега вече изострените му сетива доловиха същия странен звук, съпроводил появата на Рие-Ка. Същия звук, нечут от ушите, но преминаващ през цялото му тяло като слаб електрически ток. Като едва доловим тътен от далечна гръмотевица. Нямаше никакво съмнение, магьосницата си имаше компания.

Огледа се наоколо и през разлюляната човешка тълпа зърна Рие-Ка. Беше замръзнала на място, пребледнялото й лице изразяваше най-чистия ужас, който някога беше виждал. С два скока стигна до нея и я разтърси:

- Какво става? Имаш ли нещо общо?

Неспособна да отклони погледа си от водата, тя се опита да отговори. Изглеждаше като птиче, хипнотизирано от змия, не можеше да помръдне дори за да спаси живота си.

- Не, не... аз... не мога... Ка-Яр... няма... магия...

Изведнъж се отърси и го погледна. Очите й бяха толкова дълбоки, че можеше да потъне в тях, да се загуби завинаги в бездната им.

- Това е Кришла-Ка, намерила ме е! Казах ви, че ще ме намери... Отворила е проход и идва за мен!

Устата му се мъчеше да оформи въпроса: "Коя е Кришлака?" но така и не успя да го произнесе. На дъното на басейна се появи трето тяло.

Рие-Ка подскочи, сякаш някой я беше зашлевил с все сила.

- Хайде, трябва да бързаме! Не знам колко още ще остане отворен тунела. Това е шансът ми да се прибера. Друг може и да нямам. Ще дойдеш ли с мен? Ще ми помогнеш ли?

Ян даже не успя да обмисли молбата й. Тя го гледаше с такъв поглед, с такава надежда, че той не вярваше да има човек на света, който да може да й откаже. Той поне не можеше. Беше значително по-лесно да я убие, и после да убие и себе си. Но не и да откаже молбата й. Никаква заповед или принуда не можеха да имат такава сила, както непоколебимостта на собственото му решение да й помогне.

- Какво трябва да правя?

- Нищо, просто се дръж здраво за мен! Каквото и да стане не ме пускай! Проходът е отворен и в двете посоки, а веднъж като се прехвърлим там, аз ще те защитя!

Той стисна до болка ръката й и решително направи двете крачки, които го деляха от водата. Изведнъж стана тъмно и студено, сякаш някаква невидима сила беше изсмукала цялата светлина и топлина във вселената. Животът му го напускаше, не защото не можеше да диша, или замръзваше. Животът му го напускаше, защото там, където отиваше, не можеше да има живот. Последното, което чу, преди да се разтвори във водата, преди последният атом от тялото му да се разпадне в беззвучна експлозия, беше безгрижния глас на Тиана: "Чакайте, къде отивате?"

***

Ян не чувстваше нищо. Не виждаше нищо. Не помнеше нищо. Можеше да е атом или галактика, нямаше нито форма, нито размери. Времето и пространството не съществуваха. Беше сам в цялата вселена. Беше точка. И беше цялата вселена. Ако въобще съществуваше нещо, то беше самота. Нищо друго не би могло да има. Само безкрайна самота.

Думи. Понятия. Мисли. Съществуваше. Беше мисъл, беше идея. Нямаше тяло, но съществуваше. Някога, някъде. След края на времето. Отвъд границите на пространството. Съществуваше.

Обгръщаше го абсолютна тъмнина. Усети сковаващ студ. Това беше невъзможно, не можеше да съществуват тъмнина и студ. Защото ако съществуваха те, значи някъде трябваше да има и светлина и топлина. Значи можеше да съществува и живот.

Мракът се разреди, размит от сноп светлина. Тя се процеждаше отнякъде, плахо и срамежливо. Беше слаба, толкова слаба. Появи се посока. Горе. Слабата светлина идваше отгоре. Тъмнината бавно отстъпи. Като оголило зъби грамадно куче, с изплезен червен език, с блеснали огнени очи, с бясно биеща опашка. Куче? Червен? Огън? Какво беше това? Мисли? Думи? Понятия?

Съзнанието му отчаяно се опитваше да се промъкне навън, да се свърже с парализираното му тяло. Размърда пръсти, отвори очи. Усети пулса на сърцето в ушите си. Пое въздух. Огледа се. Беше сумрачно, но не тъмно. Светлината отгоре се усилваше. Започваше да усеща тялото си. Успя да различи някакви неясни контури. Полека-лека те се избистриха и придобиха познати очертания. Бяха Рие-Ка и Тиана. И нямаха дрехи. Както, между другото, и той.

***

Застанала на върха на един хълм, великата магьосница Кришла-Ка работеше. Тъмночервената й мантия се виеше около нея в огнен валс, следвайки движенията й. В краката й се простираше огледалната синьо-зелена повърхност на голямо езеро. Нито една вълничка не нарушаваше гладкостта му. Един след друг голи мъже влизаха в него и изчезваха, обвити в панвур, балон от защитна магия. Работата беше монотонна и изнурителна, започваше да се уморява. Но нямаше намерение да спира, не още. Беше й отнело толкова време да открие тази подла Рие-Ка и да отвори проход към нея. Усещаше че този път й беше избягала далече, твърде далече. Прекалено опасно би било да я последва, по-добре беше да прати войници. Просто трябваше да използва повече. Рие-Ка се беше доказала като способна магьосница и не биваше да бъде подценявана. Но в крайна сметка не би могла да се справи с две дузини добре обучени убийци, макар и невъоръжени. Те щяха да решат проблема веднъж завинаги, да отърват света от противното й присъствие. За последен път й се противопоставяше, за последен път оспорваше абсолютната й власт. Заклинание, плавно, хилядократно повтаряно кръгообразно движение с ръце, и поредният войн тихо изчезна в езерото. Но какво е това?

Безупречно гладката повърхност на езерото се набразди. Кришла-Ка намръщено се огледа - нямаше вятър. Разгневена, изпари следващия мъж с едно махване на ръка. Толкова й беше писнало да работи с некадърници, защо поне веднъж не следваха заповедите й стриктно. Нима искаше толкова много от тях? Кой идиот сега беше развълнувал езерото? Не разбираха ли колко е важно повърхността му да е гладка? Никой, разбира се. Никой не би се осмелил да не й се подчини. Вълнението не започваше на брега, беше доста навътре в езерото.

В центъра на разширяващият се кръг от вълни се показа нещо. Заинтригувана, Кришла-Ка гледаше надигащият се от водата балон от защитна магия. Този панвур не беше нейн! В центъра му леко прозираше нещо. Беше омразната Рие-Ка - разперила ръце, тя задържаше сферата около себе си. И не беше сама, с нея имаше още двама. Изпратената от Кришла-Ка светкавица удари езерото с цялата си сляпа ярост, само секунда след като балонът изчезна.

***

- Хм, вода, обикновена вода? - не можеше да се начуди Ян, докато плюеше това, което не беше погълнал.

- Разбира се, че е обикновена вода, ти какво очакваше? - Почти у дома си, в безопасност, Рие-Ка просто сияеше от щастие. Нямаше търпение да види дъщеричката си. Към края на прехвърлянето беше възстановила магическите си способности и беше създала пашкул от защитна магия. Той ги бе предпазил и бе задържал малкото въздух, преминал заедно с тях. В момента, в който бяха излезли от тунела на Кришла-Ка, Рие-Ка бе отворила свой собствен тунел към друго езеро и ги бе прехвърлила през него. Беше спазила обещанието си да ги пази.

- Ами това, в което те намерих, не беше вода!

- Разбира се, че е било. Просто не е било само вода. При силен вятър, когато има вълни, отражението се начупва и не може да се пътува. По принцип не го и правим, защото е опасно. Не и ако не се налага. За такива случаи си носим малка торбичка с течна мас, добиваме я от една риба. Изсипваме я във водата, и вълните утихват за малко, колкото да се създаде гладка повърхност, за да можем да преминем. Когато бягах от Вергака имаше буря, но аз нямах избор...

- Аха, като китовата мас, която моряците са използвали в древността при силно вълнение... - Ян обясняваше нещо за повърхностно напрежение, но никой не го слушаше. Двете жени бяха излезли от езерото и търсеха нещо, което да облекат. За него този проблем тепърва предстоеше, щеше да възникне когато стъпи на брега.

Рие-Ка откри собствените си одежди там, където ги беше оставила, прибрани под едно дърво.

- Няма смисъл да губиш любимите си дрехи при всяко пътуване. Затова си ги оставяш да те чакат - отвърна тя на мълчаливия въпрос на Тиана.

Докато магьосницата внимателно обличаше бялата си рокля, изящна в простота и могъща в символиката си, Ян и Тиана се позакриха криво-ляво с листа и клонки от храсти.

- Какво те прихвана пък тебе? Защо дойде с нас? - наруши Ян неловкото мълчание.

- Ами аз всъщност не разбрах какво става - опита се да се оправдае Тиана. - Хората викаха нещо, и аз дойдох да проверя какво се случва. Като ви видях да се държите за ръце, до колене в басейна с тропическите рибки, помислих, че играете някаква игра. И реших да се включа...

- Магьосница Рие-Ка на вашите услуги - представи се с елегантен жест Рие-Ка. На лицето й грееше усмивка, за първи път от много дни насам.

Ян и Тиана ахнаха. Ефирното бяло създание пред тях излъчваше мека сила и неизчерпаема доброта. От цялата й фигура струеше светлина. Почувстваха се толкова дребни и невзрачни, като каещи се грешници пред лицето на богиня. Погледът й ги изпитваше, преценяваше и претегляше. Щяха ли да заслужат доверието й, да оправдаят надеждите й? Или щяха да се окажат слаби и недостойни? Определено щяха да се постараят да й помогнат. Но кой ли смъртен можеше да отговори на очакванията на бог?

Четвърта глава: Силгум Ка

- Съжалявам, че не успях да ви предпазя напълно от ефекта на прехвърлянето. Първоначално трябваше да възстановя контрола си върху магията, а после - да създам и поддържам твърде голям защитен балон, достатъчен за тримата. Никога до сега не го бях правила.

- Не бих преживял подобно нещо втори път. Не и доброволно! - Ян внимателно търсеше най-мекките думи за да опише преживяването си, не искаше да я засегне. - Всъщност, не мисля, че въобще бих го преживял!

- Какво говориш, беше даже забавно. Хайде да го направим пак! - Не можеше да се разбере дали Тиана се шегува, не изглеждаше минаването през тунела да я е разтърсило сериозно. Рие-Ка я погледна озадачено.

- Не трябва ли да побързаме? Какво ще правим, ако тази Кришлака направи тунел насам и ни последва с всичките си останали войници? - Притеснението на Ян беше изписано на лицето му.

- Кришла-Ка - механично го поправи Рие-Ка. - Не се безпокой, мелкар е много изтощителна магия, възстановяването после е трудно и отнема време. Не мисля, че би могла да го направи втори път за един ден.

- Какво значи "мелкар"? - полюбопитства Ян, макар вече да бе разбрал, че така тя нарича отварянето на тунел за прехвърляне.

- И какво е това "Ка" накрая на имената ви? Вие с Кришла-Ка да не сте роднини?

Рие-Ка се преви надве, сякаш някой я удари жестоко в стомаха. На лицето й беше изписана физическа болка от въпроса му. В очите й избиха сълзи. След няколко секунди успя да се изправи:

- "Ка" значи магия. Жените, чиито имена завършват на Ка, владеят магията, те са нейни пазителки. Някои я използват за добро, други за зло. Но това е въпрос на гледна точка, доброто за един може да е зло за друг. А магията е безпристрастна и непредубедена. Тя служи на всички, които могат да я използват. Не можеш нито да я дресираш, нито да я приласкаеш. Тя е просто инструмент - безразличен и безчувствен - също като тоягата например. От теб зависи как ще я използваш, от последствията от действията ти. Можеш да нараниш, а можеш и да защитиш. А с Кришла-Ка не сме роднини, тя просто иска да ме убие.

На Ян му се прииска да потъне вдън земя, да изчезне яко дим, да се изпари. Въобще не беше очаквал такава реакция от страна на Рие-Ка, и през ум не му беше минало, че така ще я разстрои.

- Съжалявам, не знаех - едва успя да процеди някакво подобие на извинение.

Откъм езерото зад тях доловиха беззвучното отваряне на тунел. Познатото усещане за мълния, разтърсваща тялото, опроверга думите на Рие-Ка Тримата се заковаха на място и рязко се обърнаха. Близо до брега към тях плуваше мъж. Малко след това го последва втори. Рие-Ка не загуби нито присъствие на духа, нито време. Широките ръкави на белите й дрехи едва следваха бързите движения на ръцете й. Изглеждаше сякаш свири на арфа с хоризонтално разположени струни. Пръстите й пърхаха като пеперуди. С леко притворени очи тя пееше някакво магическо заклинание.

Секунди преди първия мъж да достигне брега, в почти беззвучната имплозия на изчезващия защитен балон се появи трети. Магията на Рие-Ка обаче вече даваше резултат. Гладката до преди миг повърхност на езерото се надипли от ситни вълни. Фунията на малък водовъртеж засмука невъоръжените войници и ги запрати обратно през тунела, от който бяха дошли. Вълните се усилиха, през разпенената повърхност на езерото вече нищо не можеше да премине.

Рие-Ка се отпусна изтощена на брега:

- Станала е прекалено могъща! Вече не мога да я спра. Никой не може!

- Какво стана, уби ли ги? - За секунди ужасът на Тиана се превърна в загриженост към провалилите се убийци.

- Не, не се тревожи за тях. Ако загинат, то ще е по вина на Кришла-Ка. Тя ги прати насам, защитени с нейната магия, аз й ги върнах обратно без панвур. Ще се появят там полумъртви, но за нея няма да е проблем да ги спаси, ако пожелае. Вместо да праща още от хората си насам. Тя да си се грижи за тях, те са нейна отговорност. - От думите на магьосницата лъхаше хлад.

Все още разтреперени от едва преминалата смъртна опасност, стъпвайки неуверено по непознатия пясък на чужд и далечен бряг, с натежали от тревога сърца, Ян и Тиана последваха Рие-Ка.

- Разкажи ни нещо за това място. За своя свят. Как се казва например? - Ян трескаво търсеше тема за разговор.

- Зад нас остана езерото Ялмур. Отправили сме се към Лоркша, моето село. Наблизо има още няколко села, по-големи. Районът е равнинен, леко хълмист, а на север е голямото езеро Палкейн. На юг е непроходимата планинска верига Гурибади. Не разбирам какво значи думата "свят"?

- Ами това е мястото, където живееш. Но не "сил", което вече разбрах, че значи "място", а много по-голяма област, всичко което те заобикаля. - Той се чудеше как да обясни думата "планета" на човек, който познава само хълмове и езера.

- Думата ни за най-голямото нещо е "Силгум", значи просто "много голямо място".

- Хм... А "Ка" значи магия, нали така? Тогава ще наречем твоя свят "Силгум Ка". Светът на магията. - Ян не знаеше дали "силгум" трябва да се преведе като "планета", или като "вселена", но реши че за местните хора вероятно е едно и също. Те явно не бяха опознали дори по-далечните околности на... На какво, всъщност?

Той с досада установи, че няма никаква идея къде се намират. На Земята, в друго време? Но кое? Или, колкото и невероятно да звучеше - на съвсем различна планета? Но с въздух, който може да се диша? Със звезда, толкова подобна на Слънцето? Вероятността бе астрономически малка. Нямаше отговори, нямаше и начин да ги открие. А може би и нямаше да е жив достатъчно дълго за да го стори. Ако загинеше тук, докато помага на Рие-Ка, какво значение щеше да има дали е бил на 10 000 светлинни години, или на десет века от дома си?

- Силгум Ка, светът на магията. Името ми харесва. Наистина досега не сме се опитвали да назовем "света" си. Може би, понеже сме били твърде заети да оживеем в него. А и не познаваме свят без магия. Тогава пък аз ще нарека вашия свят Силгум Ка-Яр, светът с мъртва магия.
- Изтощението вече напускаше магьосницата, прогонено от мисълта за предстоящата среща с дъщеря й.

Разказа им малко за нея. За Икел, нейното съкровище, най-голямото щастие в живота й. Бащата загинал при лов на елени, но хората от селото на драго сърце се грижели за нея, докато Рие-Ка отсъствала по работа. Момиченцето растяло любопитно и немирно, палаво и непослушно. Постоянно обикаляло насам-натам, понякога изчезвало за дни. Винаги искало да помогне, и затова често правело бели. Било истинска гордост за майка си, и за цялото село.

- А тя "Ка" ли е? Имам пред вид "Икел-Ка"? - Тиана трудно формулираше мислите си на езика на Рие-Ка. Трябваше обаче да свиква. - Искам да кажа - владее ли магията като тебе? - продължи на родния си език.

- Много е рано още да се каже, но всички силно се надяваме. Обикновено магическите сили се проявяват по-късно, когато момичето порасне. - Рие-Ка говореше за дъщеричката си с такава любов и нежност, сякаш постилаше в краката й килим от рози с едната ръка, а с другата избутваше всяка злина далеч от пътя й.

- И колко магьоснички има в Силгум Ка? - Тиана за първи път използва чисто новото име на света в изречение.

- Съвсем малко. Кришла-Ка отдавна се опитва да ни унищожи, за да остане само тя. И, доколкото знам, е съвсем близо до целта си. Мисля, че й остава да убие още само една - мен.

Ситуацията изглеждаше безнадеждна. Единственият им познат човек в този чужд свят, единственият, който говореше езика им, и единственият, който можеше да ги върне обратно, беше заплашен от поне две смъртни опасности. От почти всесилната магьосница Кришла-Ка, за която не знаеха почти нищо. И от неуязвимото за магия чудовище Вергак, за което знаеха дори по-малко.

Е, като някаква утеха, този човек поне владееше магия.

Пета глава: Вергак

Спряха за нощувка на една малка полянка, закътана между стръмна скала и гъсти храсталаци. Всички бяха много изтощени, но трябваше да се редуват да пазят. Според Рие-Ка в района нямаше опасни животни, но не можеха да рискуват. Магьосницата не посмя да запали огън, опасявайки се от най-страшните - двукраките хищници. На Тиана се падна да дежури последна.

- Ако нещо те уплаши, веднага ме събуди. Не се страхувай, просто бъди нащрек. Аз ще се справя с всяка опасност. - С тези думи Рие-Ка я остави на пост, легна на тревата и веднага заспа.

За Тиана обаче нощта тепърва започваше. Тя никога досега не бе замръквала на открито. Очите й не бяха привикнали да разчитат единствено на оскъдната звездна светлина в безлунната нощ. Затова тъмнината й се стори непрогледна. Отне й доста време преди разширените й зеници да се адаптират към мрака и да започне да различава силуетите на отделни дървета. Свежият нощен хлад беше приятен, изпълнен с невидим живот и загадъчни звуци. Веднъж за малко да събуди Рие-Ка, уплашена от дебнещите в тъмнината блеснали зелени очи. Тиана ги наблюдаваше, без да смее да помръдне. Когато се издигнаха във въздуха и се разделиха, си отдъхна с облекчение. Оказаха се просто светулки. Вече призори нещо голямо със сумтене мина наблизо. Не дебнеше, не се промъкваше, движеше се през гората с грацията на слон, газейки съчки и чупейки клони. Тиана реши, че това едва ли е хищник, нищо нямаше да улови ако предупреждава всички за присъствието си. Ами ако беше примерно носорог? Но нали Рие-Ка беше убедена, че тук няма опасни животни? Или все пак имаше? Накрая неизвестното същество отшумя някъде в далечината.

Скоро съвсем се развидели и изпълнявайки дадените й инструкции, тя събуди Рие-Ка. Видимо отпочинала, магьосницата беше готова за път след секунди. С Ян обаче нещата не се получиха толкова лесно. Първо не успяха да го събудят. А когато гъделичкането на петите му даде резултат - съжалиха. Той беше недоволен и кисел, дълго не можеше да разбере къде се намира и какво става с него. Накрая попита какво има за закуска и едва успя да скрие главата си с ръце от посипалите се удари на двете жени. Ако не друго, това поне го разбуди напълно. А за закуска имаше тръпчиви червени трънки. Рие-Ка им показа къде растат и как да ги разпознават. Лъчите на изгряващото слънце ласкаво погалиха силуета й, докато тя решеше с пръсти дългата си черна коса.

После потеглиха на път. Всяка крачка ги отдалечаваше от тревожните събития от вчерашния ден, от ужасяващото езеро, от зловещата Кришла-Ка. И всяка крачка ги приближаваше до Лоркша, селото на Рие-Ка. Скоро излязоха от горичката и стъпиха на една малка пътека. Постепенно тя се разшири, спря да лъкатуши и се превърна в път. И не след дълго различиха селцето, сгушено уютно в подножието на планината. Рие-Ка им посочи към малка къщурка в покрайнините му. Подобна на голям гардероб от светло дърво, тя дружелюбно посрещаше пътешествениците:

- Ето я къщата за дрехи. Предлагам ви да я използвате. Изглеждате... Как да се изразя... Като горски хора... - Опитваше се да се шегува, но беше права. Облечени, или по-скоро прикрити с клонки и листа, наистина приличаха на хора от гората.

- Какво е "Къща за дрехи"? - попитаха Тиана и Ян в един глас.

- Ами това е стара традиция, макар и малко позанемарена в последно време. Но все пак хората още я спазват. Когато идва магьосница, особено ако е от друго място, тук може да намери дрехи, които да облече. Хората от селото се грижат за това.

Ян се закашля, чудейки се как да зададе въпроса си.

- Магьосничките понякога водят със себе си и други хора, често - мъже. Да, там има и мъжки дрехи - изпревари го Рие-Ка.

Веднага захвърлиха боцкавите клонки и навлякоха каквото намериха. Изборът не беше много богат. Тиана облече бялата роба, предназначена за пътуващата магьосница. Беше й малко широка и къса, но като цяло изглеждаше доста добре. Що се отнася до Ян, той с лекота можеше да спечели първа награда на всеки конкурс за безвкусно облекло. Но поне дрехите му бяха удобни и чисти. Замислено погледна към двете жени, пременени в светлите си, свободно падащи рокли. Бяха толкова различни, а изглеждаха толкова еднакви. Сияещите магьоснически одежди бяха ясно разпознаваеми, като униформи. На които хората да отдават почит и уважение. И към които да се обръщат за помощ.

- По принцип не е редно обикновена жена да се представя за магьосничка. Наказанието е смърт чрез удавяне. - Лицето на Тиана пребледня от думите на Рие-Ка, която обаче се усмихна и продължи:

- Спокойно, нали аз съм тук. Просто ще им кажа, че е било моя идея.

Нещо обаче не беше наред. Дългите сенки на ранното утро и леката, стелеща се по земята мъгла, караха безлюдното село да изглежда зловещо и напълно изоставено. Навсякъде се виждаха следи от скорошна човешка дейност, но никъде не се мяркаха хора. Търкаляха се разпилени инструменти и оръжия, тук-там имаше пресни следи от пожари.

- Хора, къде сте? Така ли посрещате своята магьосница? - Тревогата на Рие-Ка неудържимо растеше, помитайки самообладанието й като придошла река.

Вратата на една от близките къщи леко се открехна. Малко момченце се завтече към Рие-Ка, която майчински го прегърна. Ян и Тиана в недоумение се спогледнаха. Докато недоверчиво гледаше непознатите, момченцето разказваше нещо на Рие-Ка. Един по един се показаха и други хора. Всички изглеждаха разтревожени, и неприветливо гледаха към групичката, без да смеят да се приближат. Много от мъжете държаха в ръцете си оръжия. Жените криеха децата зад полите на дрехите си. От тях се виждаха само любопитните им очи, бледнали като живи въгленчета на мръсните им лица.

Чужденците не разбраха много от припряното дърдорене на момченцето, но основното им стана ясно. Селяните бяха много уплашени, заради Кришла-Ка и Вергака. И явно виняха Рие-Ка за това. Тя попита нещо за Икел, дъщеря си, и явно не хареса отговора. Лицето й стана мрачно, чертите му се изостриха.

- Тръгваме си! - заяви кратко, обърна се и закрачи с твърда и непоколебима крачка. - Тук помощ няма да намерим.

След моментно колебание Ян и Тиана я последваха. Не разбираха какво става, но не искаха да се сблъскат лице в лице с разбунената тълпа, която вече започваше да се събира недалеч от тях.

- Какво се случи току-що? - зададе Тиана въпроса, който изгаряше и двамата.

- Страхливци! Знам, че не бива да им се сърдя, но много ме ядосаха. - Рие-Ка беше бясна, блесналите й очи сякаш хвърляха светкавици. Въздухът около цялото й тяло трептеше от едва сдържана магическа енергия. Ян си помисли, че за нищо на света не би искал да е на мястото на тези, които я бяха разгневили така.

- Кришла-Ка дошла да ме търси, два дни поред след обяд минавал и Вергак, пак заради мен. Те се уплашили и изпратили Икел в съседното село. А сега не искат да съм наблизо, за да не пострадат от това, което ме докопа първо. - Ръцете й още трепереха от гняв.

- Иначе не са лоши хора, просто са ужасени. - Ледът, сковал сърцето й започна да се пропуква, тя намери в себе си сили да им прости. Това беше нейния народ, тя им беше като майка, длъжна беше да ги пази от беди. Просто нямаше как да им се сърди дълго.

- И без това нямаше да са от полза нито срещу Кришла-Ка, нито срещу Вергака. Аз самата нищо не мога да направя. Нито за тях, нито за себе си. Кришла-Ка е прекалено могъща. Но това няма значение, защото до вечерта Вергакът ще дойде за мен. От него не мога да се скрия. Щом е тръгнал на лов, ще ме намери. И няма да мога дори да се сбогувам с дъщеря си. Не искам да я излагам на опасност, не бива да съм близо до нея, когато ме открие...

- Нима просто ще седиш безучастно и ще го чакаш да те хване? Обясни ми защо магията не работи срещу него? - Бездействието буквално убиваше Ян, той не можеше да се примири с безпомощното си положение. Все трябваше да може да се направи нещо.

- Мислиш ли, че не сме опитвали досега? - отчаяно отпусна ръце Рие-Ка. - Когато използваш магия, се свързваш с това, което искаш да омагьосаш. Едва след като установиш връзка с него, магията потича помежду ви. Тогава можеш да го контролираш - да го местиш, да го лекуваш, да го убиеш - каквото поискаш. Е, с Вергака просто не можеш да се свържеш, затова магията не работи върху него.

- Ясно, отбелязвам си - Вергак, неуязвим за магия! Ами тогава може би ще можете да се предпазите от него с панвур?

- Да, бихме могли, но щеше да е напълно безсмислено. Поддържането на защитната магия, особено за по-продължително време, е доста изтощително. Вергакът просто трябва да изчака малко, и после да грабне вече умората магьосница.

Ян се замисли:

- И все пак нещо сигурно може да се измисли? Не може да няма начин... Нещо, което сте пропуснали, нещо, което никога не сте опитвали, нещо...

Той изведнъж се усмихна. Възможно ли беше да е толкова просто? Или вече са пробвали безуспешно и това? Трябваше да опита:

- Ами ако използваме непряка, индиректна магия?

- Какво е това? - осведоми се Рие-Ка с напълно лишен от ентусиазъм глас.

- Виж, не че се обиждам, но смятам че трябва да имаш малко повече доверие в плановете на човек, който си домъкнала и ти не знаеш откъде, за да ти помогне. Не съм сигурен че ще се получи, просто чуй идеята ми и прецени. - В гласа на Ян звънна метална решителност:

- Опитвам се да измисля нещо, което и на сън не би ви хрумнало. Нали за това ме доведе тук? Не съм боец, не владея магия по простата причина, че съм мъж. С какво, ако не с необичайна идея, бих могъл да ти помогна? Та си мислех, щом не можеш да омагьосаш самия Вергак, без значение защо, може би ще можеш да омагьосаш нещо друго, с което да го нараниш. Видях оръжията ви, честно казано не струват. Цяло чудо е че въобще сте оцелели досега. Но ако използваш нещо голямо и тежко срещу Вергака? Например дървета или камъни? Ако използваш магия за да ги хвърлиш срещу него с голяма скорост, това би трябвало да го нарани. В нашия свят имаме подобни оръжия, това ми даде идеята.

- Това може и да стане. - В гласа на Рие-Ка се долавяше нерешителност, може би дори - слаба надежда. - Наистина никога не бихме се сетили за това, защото сме свикнали да ползваме магията директно срещу противника, да се свързваме направо с него. Обаче ще имам възможност само за един опит. Ако не се получи, оставате сами. - Тя използва цялата си вътрешна сила, за да не позволи лицето й да отрази обзелата я тревога. Тревога, надигаща се в нея само при мисълта за това, което щеше да сполети народа й, ако нея я няма.

- Знаем приблизително кога ще дойде Вергакът. И след като знаем, че ще те търси, можем да изберем и мястото на битката. Това са идеални условия за засада. -

---

Ян беше набрал скорост, преценяваше, планираше. Даже не удостои с отговор въпроса на Рие-Ка:

- Какво е това "засада"?

Наложи се Тиана да й обясни:

- Това значи да чакаш врага си на избрано от теб място, така че да имаш по-добри шансове за победа.

Явно за Рие-Ка идеята не беше нова, просто не познаваше думата. Тя лукаво се усмихна:

- Обичам засадите. И знам точното място за тази. Наблизо има хълм със стръмен склон. Навътре в гората. Преди време там имаше свлачище, и сега е пълно със съборени дървета и извадени дънери. Няма да ми се налага да ги изтръгвам от земята, което би ми отнело време и сила. А и двете ще ми трябват, ако искаме да имаме шанс. Магьосницата е като съд, пълен с магия. Колкото повече ползваш, колкото по-тежки неща вдигаш, колкото по-далече ги местиш, толкова повече магия изливаш от него. А веднъж като се изтощи, отнема време да се натрупа отново.

С бодра крачка, изпълнени с надежда, тримата се отправиха към свлачището. Рие-Ка застана на върха на хълма и огледа района преценяващо:

- Мисля, че може да се направи. Вие двамата по-добре се скрийте, няма да можете да ми помогнете.

После вдигна и премести по-наблизо няколко отдалечени изскубнати дървета. Да са й под ръка, както обясни. Ян и Тиана за първи път ставаха свидетели на проявлението на такава мощна магия. Рие-Ка местеше дърветата сякаш бяха клечки за зъби, те послушно следваха повелителните движения на ръцете й. Накрая тя седна на един голям камък, настани се удобно и зачака. Очите й напрегнато оглеждаха хоризонта във всички посоки. Нямаше какво друго да направи.

Ян се опитваше да прецени ситуацията:

- Предполагам, че след като си му избягала първия път, всеки ден се е връщал да те търси. Вергакът, имам пред вид. Вчера не те е открил, защото те е търсил преди още да се бяхме прехвърлили тук. Дали пък няма да се откаже? Ако те търси и не те намира, може би най-накрая ще спре?

- Той никога няма да се откаже! Дори да му избягам днес, да се скрия утре, да ме пропусне вдругиден, все някога ще ме хване. Винаги улавя жертвата си.

Тримата потънаха в мълчание. Ян не разбираше много неща за света на Рие-Ка, не разбираше магията. Но най-вече не разбираше каква неведома сила беше насочила Рие-Ка към огледалото в неговия дом, защо беше намерила точно него, с какво можеше той да й помогне.

Изведнъж Рие-Ка вдигна ръка и посочи малка точица в небето, почти на хоризонта. Вергак! Точката бързо се уголеми и се превърна в стремително носещо се към тях създание, с аеродинамично издължено тяло, и с дълги и тесни криле. Щеше да бъде красиво, ако не беше създадено с едничката цел да ловува.

- Вергак? Това? Но ти не спомена, че може да лети? Мислех че бавно пълзи по земята и дърветата ще могат да го спрат... - Отчаянието в гласа на Ян вземаше връх. Той беше като зрител на спортен двубой, внезапно осъзнал, че фаворитът му не може да спечели.

- Звучеше толкова уверено, че не исках да те обезсърчавам. Пък и планът ти наистина може да успее. Веднага ще разберем.

Рие-Ка се зае да замеря Вергака с трупи и дънери. Вдигаше ги нагоре и ги запращаше към него, като ги направляваше във въздуха. Понякога се опитваше да го изненада отдолу, друг път връщаше обратно вече пропуснало дърво, за да го удари в гръб. Вергакът се извърташе от ударите изключително пъргаво. Той се виеше като змия във въздуха, преобръщаше се и умело маневрираше, като ту набираше височина, ту се гмуркаше през крило стремглаво надолу. Не показваше признаци на умора и постепенно съкращаваше разстоянието между тях. Битката изглеждаше почти равностойна. Рие-Ка обаче започна да показва първите признаци на умора. Ударите й се разредиха, бързината им намаля. Младата магьосница все повече отпадаше, вече видимо пестеше силите си. Започна да избира по-малки и леки дървета, опитваше се не толкова да удари Вергака, колкото просто да го държи на разстояние. Тя изнемогваше в боя с пъргавия си враг. Но пък и той получи няколко удара, които накъсаха грациозния му полет, убиха скоростта и намалиха височината му.

- Опитай да го удариш в основата на крилото! Там натоварването е най-голямо, това трябва да е слабото му място. - Ян беше едновременно и запалянко и комарджия, заложил в играта живота си.

Вергакът се измъкна от следващите два дънера, но после един по-малък ствол го нацели точно в началото на крилото. Чу се зловещо изщракване, нещо явно се счупи. Чудовището се преврътя няколко пъти във въздуха и заби нос надолу. Закачи върха на едно дърво и вече без всякаква грация рухна на земята. Хълмът потрепери от тежкия сблъсък. Без да губи време, Рие-Ка се зае да го затрупва с дървета. Нямаше нужда, битката беше спечелена. Поваленият Вергак лежеше напълно неподвижно. За всеки случай Рие-Ка запали огромната клада.

Изтощена отвъд предела на силите си, тя се срина на земята:

- Благодаря ти Ян! Ти спаси не само мен, спаси и дъщеря ми, и селото ми. И не ни спаси само днес. Даде ни средство за защита за идните поколения. Даде ни бъдеще. - Сълзи на признателност заливаха лицето на Рие-Ка, тя дори не се опитваше да ги спре.

Ян, почувствал се неудобно, сухо смутолеви:

- Няма за какво, помогнах ти колкото можах... Нали затова са приятелите...

После, преодолял смущението си, вече по-топло и от сърце добави:

- Не си представям какво бихме правили без теб! Къде щяхме да отидем? И как щяхме да се върнем вкъщи? Така че недей да ми благодариш, това си беше проява на егоизъм. Чакайте тук, ще отида да огледам. Поваленият враг не е враг.

Приближи се до лумналите пламъци на мястото на падналия Вергак. В ноздрите го блъсна остър и задушлив мирис на пепел. Рие-Ка явно се беше престарала, с натрупаната дървесина цялото й село можеше да се отоплява поне седмица. Изведнъж видя нещо много странно, толкова невероятно, че в първия момент не можа да повярва. При падането си чудовището беше изорало къса, дълбока бразда в стръмния склон. В началото й, там където се беше ударило в земята, лежаха отломки от счупеното му крило. На буйните пламъци на огъня те игриво блестяха. Метални отломки. От метално крило. Обърна се назад и хукна през глава.

- Бягайте...

Не беше изминал и двадесет метра, когато ударната вълна на мощен взрив го блъсна в гърба. Вдигна го във въздуха като перце, понесе го нагоре и след кратък полет грубо го запокити на земята. На мястото на пожара се издигна гигантска гъба, която скоро закри слънцето. Докато растеше, завихрената й снага бавно потъмня.

Шеста глава: Леркума

- Какво стана, какво видя? Какъв беше този взрив? - Двете жени се бяха надвесили над него, притеснението по лицата им ясно показваше колко дълго е бил в безсъзнание.

- Добре съм, благодаря че попитахте. - Дрезгавия глас на Ян изкашля малко сажди. Опита да се надигне. Не успя, светът отказваше да стои стабилно, лишавайки го от ориентация. Късчето чисто небе над главата му, раздирано радиално от короните на дърветата, се въртеше като пумпал. Затвори очи, опита втори път и успя да приседне, подпирайки се на лакти.

- Мисля, че нямам нищо счупено. - Като през мъгла до него лениво доппуваха спомените за събитията от последните минути:

- Вергакът не е животно, това е машина!

- Какво значи "машина"? - неразбиращо го погледна Рие-Ка. Самата концепция беше напълно непозната за народа й, така че не бе чудно, че нямаха дума за нея. Ян се зачуди как да й обясни по-добре:

- Значи, че не е живо същество.

- Но нали лети, завива, преследва ме? Как може да не е живо? Мъртвите неща са неподвижни. - Рие-Ка проследи мисълта му в грешна посока.

- Нямах пред вид, че е умрял, а че никога не е бил раждан, нито е живял. Бил е създаден! Вашите хора не биха могли да го направят, нали? Ами тези на Кришла-Ка? Били ли сте някога при нея, знаете ли как живеят хората там? С какви технологии разполагат? - Ян засипа обърканата Рие-Ка с въпроси, тя леко заекна, опитвайки се да отговори на всичките наведнъж.

- Не, ние не можем... не сме били... не знаем... но не мисля... едва ли... Не знам! - безпомощно въздъхна тя.

- Помисли малко. Кришла-Ка иска да те убие, Вергакът - също. Какъв е шансът тя да го е контролирала.

Рие-Ка успя да си поеме въздух и продължи, вече по-гладко:

- Ами първо, не знаем къде живее Кришла-Ка, но хората й се бият с оръжия, подобни на нашите, никога не сме виждали да боравят с подобни неща. Второ, както ти обясних, Вергакът е неподатлив на магия. Беше - поправи се тя, кимвайки към пожара. - Няма начин магьосница да го управлява. И трето, Кришла-Ка убива магьоснички, докато Вергака ги хваща живи. Така че, не, не мисля, че работят заедно.

- Откъде знаеше, че ще избухне? - намеси се в разговора Тиана.

- Всъщност не бях съвсем сигурен. Но видях пръснати метални парчета и разбрах, че е летящ апарат, а не живо същество. Значи трябваше да има някакъв мощен източник на енергия в себе си. А всички такива източници по принцип са много нестабилни. Не обичат да бъдат загрявани и имат навика да изразяват недоволството си доста бурно.

- Но това значи, че тук някъде, на Силгум Ка, има или е имало цивилизация, способна да създаде такова нещо. Защо тогава няма никакви други следи от нея? Как може нищо друго да не е останало? И кой, в крайна сметка, управляваше Вергака? И какво е целял? Твоят свят изглежда доста щедър на въпроси. И доста оскъден откъм отговори. - Ян вече се беше изправил на крака и нервно сновеше между две дървета, сякаш се опитваше да измери разстоянието между тях в крачки.

- Така или иначе, остана ти един враг по-малко. Сега вече само Кришла-Ка е заплаха за тебе. Тя може ли да те намери? - обърна се Тиана към Рие-Ка с нов въпрос.

- Само ако съм близо до езеро. С мелкар, магията за прехвърляне, можеш да огледаш района, в който ще излезеш. Иначе рискуваш да попаднеш на някое опасно място. Например близо до ръба на водопад, където водата може да те повлече надолу. За това ти е необходима и защитната магия при прехвърляне. Но ако стоя далече от отразяващи повърхности няма начин да ме намери.

- Това е чудесна новина. Значи вече можем да отидем при дъщеря ти. И поне за малко никой няма да ни преследва - отдъхна си Тиана.

- Точно това смятам да направя. Ще отидем в Леркума, селото, откъдето се прибирах, когато ме намери Вергака. Бях там, за да излекувам един човек, но се забавих повече, защото имаха нужда от помощ и за други неща. И затова уплашените ми съселяни са изпратили Икел с послание за мен да не се връщам повече. Да не ги излагам на риск. - Рие-Ка изглеждаше тъжна и уморена. Битката с Вергака я беше изтощила, а сега тревогата за малката й дъщеричка изчерпваше последните й сили.

- Значи решено. Тръгваме към Леркума. - Ян беше доволен, че най-накрая имаха посока и цел. Не можеше да понася бездействието.

Вече се смрачаваше, явно щяха да прекарат още една нощ на открито. И на гладен стомах, ако не се броят трънките на Рие-Ка. Този свят беше примитивен и непосредствен, оцеляването не беше гарантирано. Храната и комфортът - също. Ян безуспешно се опитваше да различи някое познато съзвездие в ясното небе. Ако намереше поне едно, щеше да знае, че са на Земята. Защото разположението на звездите би се променило, ако се премести гледната точка. Съжали, че не се бе занимавал повече с астрономия. Винаги беше споделял максимата, че няма излишно знание. Че всяка информация някога може да се окаже полезна. Ако не сама по себе си, то - свързана с друго познание. Сега собственото му невежество го лишаваше от възможността да разбере къде се намираха.

Рие-Ка ги накара да берат някакви листа и да ги ядат. Сигурно бяха много полезни, съдейки по отвратителния им вкус. След това се смили над тях.

- Не е хубаво да използвам магия за лов. Но вие сте мои гости, така че позволете ми да се проявя като добра домакиня. - Огледа се с вдигнати над глава ръце и изведнъж, усетила го с някакво магическо сетиво, изтръгна някакво зверче от дупката му. Тиана и Ян така и не разбраха как то се озова във въздуха пред магьосницата. Пак така, без да го докосва, тя за секунди го изпече, след което просто го остави да тупне в краката им. Все още изумена, неразбираща и невярваща, Тиана се зае да го разпредели на порции.

- С магията не бива да се злоупотребява. Тя не трябва да се използва за лични цели, просто не е редно. Магьосницата разполага с почти неограничена власт, но точно толкова голяма е и отговорността й. Ние сме и строители, и лекари, и съдии и екзекутори. Но винаги трябва да помним, че служим на общото благо, че действията и постъпките ни се ръководят от интересите на хората. Не можем да си позволим да влагаме емоции или пристрастност. И не можем да поставяме личните си интереси над тези на хората. Това се е случвало вече в миналото, и винаги е завършвало зле. Няколко самозабравили се магьоснички използвали магията за собствени облаги. Те причинили ужасни нещастия, погубили мнозина, опожарили цели села. Хората и досега не смеят да произнесат имената им, заради тях се страхуват от самата магия. - В очите на Рие-Ка се четеше неимоверна тъга.

- Какво се е случило с тях? - със задавено гърло попита Тиана.

- Останалите магьоснички се събрали и заедно, с общи сили, успели да ги победят. Не било лесно, много хора били привлечени на страната на злото в започналата война. Кой от глупост, кой от алчност, кой от жажда за власт. Човешките слабости са много, а злото е невероятно добро в използването им за собствените си покварени цели. Някои непокорни старейшини, а с тях - и целите им села, били поставени под контрол - с пари, с изнудване, дори с магия. Хиляди загинали в безсмислени сражения. Накрая злите магьоснички били унищожени, но на ужасна цена - били убити и много от добрите - тези, които помагали на хората. - Погледът на Рие-Ка блуждаеше, мислите й я бяха отвели някъде далече.

Нещо ярко избухна високо в небето. Метеорит, помисли си Ян. Но не беше метеорит, нямаше горяща следа нито преди, нито след беззвучната експлозия. Просто нещо внезапно светна и угасна над главите им. - Що за странно място бе това? Място, където имаше едновременно и магия, и високотехнологично летящо чудовище? Което преследваше магията? И в същото време й беше неподвластно? Толкова много въпроси.

Вече позаситени, изтощените до смърт от битката с Вергака момичета заспаха веднага. Ян остана да пази пръв, но усещаше умората си като верига, прехвърлена през врата му. Тя упорито теглеше главата му надолу. Скоро клепачите му натежаха. Изнуреното му тяло настойчиво искаше почивка. И не приемаше отказ. Неусетно той се унесе и заспа тежко и непробудно.

Събуди се от остра раздираща болка в левия си крак. Някакъв вълк го беше захапал. Мигновено опомнил се, Ян с все сила го изрита със свободния си крак. Вълкът изквича, но не пусна плячката си. След втория удар го пусна за миг, само за да заръфа още по-настървено. Болката беше непоносима, едва не загуби съзнание. Изстреляният в кръвта адреналин изпълни мускулите му с енергия, с изгарящо желание за борба. Той трескаво затърси с ръцете си дърво или камък, каквото и да е. Десният му крак риташе вълка с отчаяна методичност.

Изведнъж, изхвърлен назад от невидима сила, вълкът излетя на пет метра и се преви около близкото дърво. Но веднага скочи на крака, жълтите му очи зашариха преценяващо. Скочи в нова атака. Сякаш гигантска ръка го сграбчи във въздуха и го запрати далече встрани, безжалостно чупейки ребрата му. Рие-Ка се беше събудила:

- Не исках да го убивам, но беше толкова упорит, че не ми остави друг избор.

- Съ-... жа-... лявам. Заспал съм. - Ян с мъка си поемаше дъх. Остатъците от неизползвания адреналин засилваха чувството му за вина. Не можеше да погледне Рие-Ка в очите от срам. Тя с тревога огледа дълбоката рана, оставена от зъбите на вълка. Кракът му бе покрит от обилно шуртящата кръв. Тя бликаше на тласъци, следващи пулса на сърцето му. Ян понечи да откъсне парче плат от дрехата си, но магьосницата го спря с рязък жест:

- Остави на мен!

- Не ме лекувай, не заслужавам помощта ти. Аз те предадох! Можеше да си мъртва. Всички можеше да сме мъртви! - процеди през зъби Ян, бесен на себе си.

- Можеше, но не сме... Мисля, че мога да понеса едно малко предателство, след като ме спаси от Вергака. Лежи спокойно и не мърдай. - Рие-Ка сякаш беше изтъкана от грижа и нежност, не си личеше да му се сърди. Започна да движи бавно ръцете си над разкъсаната рана, като тихо напяваше нещо. За минута раната се затвори напълно. Ян в недоумение изтри незасъхналата още кръв и видя здрава кожа под нея. Усещаше мястото затоплено, само с лек сърбеж.

- Как го направи? Какво направи? - От удивление очите му бяха станали почти кръгли.

- Нищо не съм направила, тялото ти се излекува само, аз просто малко ускорих процеса - през смях отвърна Рие-Ка. Беше й забавна реакцията му. В нейния свят хората бяха свикнали с магията, приемаха я за нещо нормално, макар и неразбираемо. Честите чудеса бяха позагубили блясъка си, бяха станали част от ежедневието им.

- Малко? Ако не беше ти вероятно щях да умра от загуба на кръв, да не говорим за вероятната инфекция от устата на това мръсно животно!

- Почини си до сутринта, аз ще остана да пазя. Нощта вече почти изтече. - Леко, но настоятелно, тя го бутна

обратно на земята. Ян се опита да протестира, но с едно махване на ръката тя го приспа. Това беше последната част от лечението му.

На сутринта трябваше да обясняват на Тиана защо не са я събудили, за да пази и тя. Без да каже нито дума, Ян се отдалечи и след малко се върна, нарамил вълка. Кракът въобще не го болеше, главата му беше бистра, от снощната умора нямаше и следа. Трябваше да й го признае, Рие-Ка си беше свършила отлично работата като лечителка.

Като готвачка също я биваше, скоро всички закусваха обилно с вълче месо, изпечено за секунди от магическия й огън. Беше малко жилаво и не особено вкусно. Но имаше достатъчно, и си прибраха остатъка за обяд.

Веднага тръгнаха на път, Рие-Ка ги караше да бързат. Нямаше търпение да се види с дъщеря си и сякаш летеше напред към Леркума с леките си стъпки. Спряха да почиват само веднъж.

Времето беше тихо и спокойно, скъсяващите се предобедни сенки бяха бледи и неясни заради отрупания с облаци небосклон. Изведнъж някакъв храст с красиви сини цветове се отскубна от земята и полетя право към тях. Тъй като нямаше вятър, движението му явно бе предизвикано от магия. Но доколкото Ян можеше да прецени, бяха сами. Пък и коя ли магьосница би използвала растение като оръжие за нападение? Храстът изведнъж се спря в краката на изумената Тиана.

Рие-Ка я гледаше с нарастващо възхищение:

- Ама разбира се! Трябваше да се досетя по-рано. Затова така леко понесе мелкара, с който дойдохме тук. Прехвърлянето, което почти уби Ян, на теб въобще не ти се отрази. Предполагам инстинктивно си създала защитен панвур около себе си още преди аз да го направя. Досега си живяла в свят без магия, тя не се е проявила, затова и не си разбрала че я притежаваш. Но си я владеела, и е било достатъчно да попаднеш в моя свят, за да започнеш да я ползваш, макар и несъзнателно. Явно тя е много силна в теб.

- Какво става? Аз ли направих... това? - Тиана се опитваше да осмисли случващото се. Идваше й в повече.

Рие-Ка се обърна към нея и тържествено й се поклони:

- Тиана, от днес и до края на дните хората ще те знаят като Тиан-Ка!

- Чакай, чакай... Аз сега какво... магьосница ли съм? Но... как? Аз никога не съм... владяла магия... не знам жестовете... не познавам езика ти, заклинанията... - Объркването на Тиана сякаш нямаше край. Както и потока от думи, с който се опитваше да намери някакъв смисъл в случващото се, да се прикрие от него.

Рие-Ка се опита да обясни:

- Магията е в съзнанието ти. Там, където възприемаш света около себе си. Всичко останало - жестове, закли-нания, е просто помощно средство, предназначено да фокусира мисълта ти, да я избистри и да я насочи към предмета, който искаш да овладееш. Всеки се разсейва от случващото се около него, това нарушава потока на магията. Пречи й да разбере и изпълни желанието ти. Единствено на две много велики магьоснички се е удавало да контролират предмети само с мисъл, да се концентрират без да си помагат със жестове или заклинания.

- Но... но... аз само ... се любувах на този храст... прииска ми се... да си откъсна... цветче от него... Не разбирам... защо ... стана така? - Тиана не можеше да успокои насеченото си дишане.

- Занапред, скъпа моя, ще трябва много да внимаваш какво мислиш, какво си пожелаваш, и най-вече - кого мразиш. Това е бреме, с което всяка магьосница се учи да живее от малка. Да поема товара постепенно, докато се развиват магическите й сили. Обикновено при първите си прояви магията е по-слаба, и не е проблем да се овладее. По-късно се усилва, започва да си пробива път навън, и вече е необходима значителна концентрация за да я накараш да прави каквото искаш. Или - както в твоя случай - да не прави нищо. Можеш да подчиниш магията на волята си, или да допуснеш тя теб да подчини. От теб зависи дали ще бъдеш нейна слугиня или господарка.

- Даже и насън ли? - уплаши се не на шега Тиана.
- Особено на сън!

Седма глава: Тиан-Ка

- Как да контролирам магията? Научи ме, преди да съм подпалила нещо. - Тиана се задъхваше от огромната отговорност, легнала неочаквано и нежелано върху крехките й рамене. - Не я искам, страх ме е от нея, не можеш ли да я спреш някак си? Поне докато се науча какво да правя?

- Магията се контролира с емоциите. След като установиш връзка с това, което искаш да омагьосаш, то трябва да стане част от теб. Трябва да ти повярва, да мисли че наистина сте едно цяло. Без значение дали става дума за живо същество или за мъртъв предмет, за камък или за човек. Трябва да му покажеш емоциите си, да го потопиш в тях. - Рие-Ка се опитваше да обобщи знанието и опита на стотиците поколения магьоснички преди нея.

- Ако искаш да унищожиш нещо, показваш му колко силно го мразиш. Давиш го в омразата си, убиваш волята му за живот, показваш му колко безсмислено е да съществува сам-самичко на света, необичано от никого. И понеже то е станало част от теб, болката е все едно си режеш ръката. Ако искаш да помогнеш на някой, да го излекуваш, например, даряваш го с цялата си любов. Показваш му че животът ти не би имал никакъв смисъл без него, че за теб неговото щастие е по-важно от твоето собствено. Тези емоции са много силни, всъщност - най-силните. Те извират от много дълбоко, преминават през цялото ти същество. Извикването и контролирането им отнема цялата ти енергия и после дълго си изтощена. А ако си използвала магия за да нараниш нещо, към изтощението се добавя и болка. Това може да те повали за дни наред, може дори да те убие, ако не успееш

наврете да отделиш съзнанието си. Това е цената която плащаш, когато ползваш магия.

- Свързване, емоции, любов, омраза, концентрация... Мисля, че вече ми е ясно. Колко време ще ми трябва за да я овладея? А как се зарежда? И как да разбера колко ми остава? - Тиана беше силно въодушевена, не можеше да скрие радостната си възбуда. Потриваше ръце, искаше веднага да започне да учи и използва магията.

- За да използваш магията ти трябва миг, за да я овладееш не стига и цял живот. Магията е навсякъде около теб, тя не свършва и не се зарежда. На теб ти отнема усилие да я контролираш, да я подчиниш - това те изтощава. Трябва да се възстановиш, за да можеш да я ползваш отново - това отнема време. Колко дълго можеш да я ползваш, и за колко време можеш да се възстановиш - това зависи само от теб. Има по-силни и по-слаби магьоснички. Аз мога само да ти покажа някои дихателни упражнения, които ми помагат. Ти можеш да си измислиш свои, или въобще да минеш без тях. Просто трябва да се отпуснеш, да се потопиш в магията, да я почувстваш, да й позволиш да стане част от теб. И ти да станеш част от нея. Това не се учи. То или се усеща, или не. - Рие-Ка се опитваше да опише с думи онова вълшебно чувство, с което съзнанието й се сливаше с целия свят и го подчиняваше на волята й. Ясно защо не успяваше да го обясни. Думите не бяха подходящия инструмент, но само с тях разполагаше.

Ян гледаше двете облечени в бели роби жени. Освен ясно различимите си дрехи, те сякаш носеха със себе си и едно невидимо, но някак осезаемо магическо наметало. Неговото присъствие се долавяше във всеки техен жест или поглед, и той неволно се опита да се отдръпне от тях. Изсмя се малко нервно, и се обърна към Тиана:

- Излиза, че изборът ти на дрехи е бил сполучлив. Просто си взела униформата си в аванс. И вече си имаме не една, а две магьоснички. Бедната Кришла-Ка няма никакъв шанс.

Самото споменаване на името изстреля Рие-Ка на крака:

- Хайде да тръгваме, нямаме никакво време за губене. Ние не смеем да ползваме езерата, но Кришла-Ка може вече да е пристигнала в Леркума и да ни чака там. Или да е отвела дъщеря ми в своето село, и да е опожарила това. - Тя вече тичаше напред, Ян и Тиана с мъка я следваха.

Леки пориви на вятъра като кучета-пазачи се опитаха да разгонят непокорното облачно стадо. Обедното слънце с мъка си пробиваше път през тях. Далече напред нещо проблесна, за миг попаднало във вертикалните лъчи, падащи през разкъсаната покривка. Беше толкова мимолетно, че Ян се зачуди дали не му се е сторило. Не беше. След секунди от ниската мъглива пелена изскочи Вергак. Носеше се право към тях.

Миг по-късно го видя и Рие-Ка. Вдигна ръце над главата си и се огледа наоколо, търсейки дървета или стволове. Газеха в тучната зеленина на някакво поле, горичката беше останала назад. Беше пълно с храсталаци, но те не ставаха за оръжие.

- Пробвай с камъни! - опита се да помогне Ян.

Рие-Ка с тревога си представи втора дълга и изтощителна битка. Вчера беше успяла, но с цената на неимоверни усилия и немалко късмет. И имаше тежки дървета в изобилие. А сега виждаше само няколко средно големи камъка. Впрегнала цялата си воля в един-единствен напън, тя вдигна едновременно двата най-големи. Насочи единия отляво на снижилия се за нападение Вергак. Той пъргаво се извърна от атаката, стрелкайки се в дясно. Точно там го намери втория камък. Улучи го отдолу в средата на крилото. Силата на удара преобърна тежката машина във въздуха. Вече концентрирала се изцяло върху първия камък, Рие-Ка го стовари с цялата си ярост отгоре върху премятащия се Вергак. Той се заби в земята с повреденото крило надолу, смазвайки го с тежестта си. Другото безполезно стърчеше нагоре.

Тромаво се опита да се надигне, но беше буквално затрупан от градушка по-дребни камъни. Не се предаваше обаче, мъчеше се да се освободи от тежкия товар. Приличаше на гигантска костенурка, неотклонно пъплеща към тях.

Отнякъде долетя огромен монолит. Увисна във въздуха над главите им, после нерешително закръжи наоколо.

- С нещо да помогна? - Лицето на Тиана грееше в широка, закачлива усмивка. Опиянена от новопридобитата си сила, тя видимо се забавляваше:

- Намерих това камъче да си лежи наблизо, и си помислих, че може да потрябва.

- Да, ако обичаш. Тук имаме един дребен спор на битова основа с този приятел - влезе Ян в тон със шеговитото й настроение.

- Вие двамата, кога ще престанете с глупостите, и ще ми помогнете! - На изтощената Рие-Ка не й беше до смях. Полагаше титанични усилия да затрупва поваления Вергак с още камъни.

Подчинявайки се на лекото махване с пръст на Тиана, многотонната скала се заби със страшна сила в каменната камара. Земята под краката им се разтресе от предизвикания трус. Все още неусвоила добре контрола върху магията, Тиана не успя да улучи центъра на купчината. Ударът дойде доста встрани, но беше толкова мощен, че смаза всяка съпротива. Малкият изкуствен хълм прекрати похода си към тях, превърнал се вече в могила.

- Благодаря ти за помощта! - Въпреки умората си, Рие-Ка намери сили да отдаде дължимото уважение на Тиана. - Не мисля, че въобще бих могла да вдигна толкова тежка скала.

- А, това ли? Нищо работа. Ако искаш, мога да те науча. - Тиана се заливаше от смях. - Наистина се радвам, че успях да помогна, но ти всъщност се справи сама. Беше го съборила вече, аз само го ударих отгоре. Не го улучих точно обаче, трябва да поработя още върху контрола. Но ще се науча. Усещането е невероятно. Чувстваш се като господар на света, сякаш си всемогъща...

- Браво, Рие-Ка, справи се чудесно! Показа му кой е истинският господар тук - намеси се и Ян в поздравите. За кой ли път изпита смущаващата и неуместна гордост от успеха на другия. Гордост и съпричастност с чуждите умения и постижения. Чувстваше се леко гузен всеки път, когато се бе радвал така на таланта и способностите на другите, сякаш бяха негови собствени. И сега се почувства горд, че познава Рие-Ка, че е присъствал в момента, в който тя така умело бе повалила могъщия Вергак.

- В тази атака вложих всичко, което имах. Цялата си сила и енергия. Много е трудно да се контролират няколко неща едновременно. Ако се бях провалила, нямаше нищо друго, което да направя. Нямаше да имам втори шанс. Поех огромен риск, чист късмет е, че съм още тук. - Цялото тяло на магьосницата трепереше, разтърсвано от вълни на ужас и изтощение.

Иззад близкия хълм изскочи втори Вергак. Почти невидим на фона на заслепяващото ги слънце, той се насочи право към тях. Стрелна се стремглаво надолу, покривайки ги с тъмната си сянка. Стръковете трева полегнаха под напора му, докато намаляваше скоростта си. Приличаше на хищна птица, разперила криле над жертвата си. От някакъв люк в долната си част изстреля ситна мрежа и оплете Тиана в нея.

- Помогни ми Ян! - едва успя да извика тя, докато Вергакът стремително набираше скорост и височина. Изпратеният от Рие-Ка камък дори не успя да го настигне.

- Такъв съм глупак! Когато онзи вчера не се е върнал, днес са пратили два. Как можах да не го предвидя? Та ние дори не знаем колко още има наоколо... - Ян не можеше да си намери място, погледът му беше отправен след изчезналата Тиана.

- Ще я намерим! Ще го проследим и ще я намерим. За първи път имаме шанс, имаме начин за борба с него. С тях, колкото и да са. Интересното обаче е, че взеха нея, а не мен. Явно някак са разбрали че Тиан-Ка е по-могъщата от двете. - Рие-Ка се замисли дълбоко, опитвайки се да прецени ситуацията. Бяха подценили Вергаките, опиянени от вчерашната си победа. Бяха подценили броя им, и все още нямаха никаква представа за намеренията им, нито за това кой направляваше действията им.

- Накъде сега? Към Леркума - за Икел? Да бягаме? Или след Тиана? И как въобще смяташ да проследиш нещо, което лети и не оставя следи? - Думите на Ян бяха изпълнени с тревога, не можеше да си прости допуснатата грешка. Обвиняваше себе си, обвиняваше Рие-Ка, обвиняваше дори Тиана. Тя не биваше да идва, въобще не трябваше да е тук.

- Аз съм магьосница, забрави ли? Не помниш ли как Кришла-Ка проследи мен, чак до вашия свят? Просто ни трябва езеро. - Лицето на Рие-Ка беше спокойно и непроницаемо. Лице без следа от емоция, като огледална водна повърхност, без следа от вълна. Но Ян вече я познаваше достатъчно добре, не можеше да го заблуди. Знаеше, че това е само маска, вече беше виждал как се крие зад нея. Лицето на магьосницата трябваше да е такова, то трябваше да вдъхва увереност. За нищо на света не биваше да отразява бушуващите в нея емоции, да дава израз на страховете и тревогите й.

Без да каже нито дума той я прегърна. Усети силата й, това вдъхна увереност и на него. Събитията отново отлагаха срещата с дъщеричката й. Тя за кой ли път правеше каквото беше нужно, загърбила собствените желания и нужди. Ян постепенно осъзна колко тежък е всъщност животът на Рие-Ка, каква огромна отговорност беше за нея необикновената й дарба. Тази дарба, която ръководеше действията й, която направляваше всяка нейна мисъл. Която изискваше от нея толкова жертви. Но щом можеше да помогне, значи трябваше да помогне.

- Чакай малко, трябва да се върнем. Имам идея. Ти владееш магията, а аз съм просто безполезен товар, баласт. Може би сега ще мога да помогна. - Ян дръпна слисаната Рие-Ка обратно към свалания Вергак.

След като се убедиха в пълната му неподвижност, със съвместни усилия започнаха да разчистват предната част от натрупаните камъни. Счупеното крило беше повдигнало носа нагоре, това много улесняваше работата. Намръщен, Ян разглеждаше разни процепи, люкове и механизми. Колкото повече разкриваха, толкова повече растеше нетърпеливата му увереност. Това което виждаше не приличаше на нищо познато. На нищо, направено от човешки ръце. Нито материалите, нито конструкцията. Може би идваше от бъдещето? Или въобще не беше човешко творение? Докато се чудеше кой вариант е по-малко притеснителен, лицето му се разтегна в доволна усмивка. Беше открил това, което търсеше. Нещо продълговато, с пет израстъка в предната част, и странна несиметрична издутина в задната. Бе монтирано отгоре на корпуса, малко преди началото на здравото крило. Не беше лесно, но след малко Ян откри начин да го откачи - един щифт трябваше да се натисне, а друг - да се завърти.

- Какво е това? Защо ти е, само загубихме време! - Рие-Ка изглеждаше разочарована.

- Ако съм прав - нещо, с което да преговаряме по-лесно при следващата ни среща с Вергак или с Кришла-Ка. Ти каза, че те взимат магьосничките живи, но това не значи, че нямат и други функции. Или други инструменти. Според мен са някакви универсални ремонтни машини. - Ян с лека усмивка потупа тежкия си товар, като разглеждаше особено съсредоточено задната му страна, където доскоро беше съединен с корпуса на кораба.

Като внимаваше накъде насочва предния край, той бръкна в задната част и прещрака нещо. Недоволната му физиономия ясно показваше резултата от опита. Пробва още няколко неща, преди да отпусне безсилно ръце. Оръжието на Вергака не работеше. Явно беше повредено при падането. А беше вложил толкова надежди, труд и време. Отчаян, той го захвърли наблизо.

- Съжалявам, че не се получава. Какво трябваше да стане? - полюбопитства без особено въодушевление Рие-Ка.

На Ян му хрумна нова идея. Може би пък не беше повредено, просто нямаше енергия? Спомни си уроците на магьосницата, нищо че не бяха предназначени за него.

- Би ли дошла за момент? - вместо да й обяснява я помоли той.

- Можеш ли да концентрираш цялата си омраза ето тук? - посочи й едно място в издутата задна част на оръжието.

На Рие-Ка й отне само няколко секунди. Оръжието изписука тихо в готовност и едно дърво на петдесетина метра от тях изчезна в беззвучен синкаво-бял блясък. Ян доволно се ухили. Рие-Ка обаче беше силно впечатлена.

- Но как, как го направи?

- Всъщност, ти го направи. Оръжието беше изправно, просто нямаше енергия за изстрела, защото я получава направо от Вергака. След като ти го зареди, то стреля. Магията, концентрирана в твоята омраза, беше това, което му трябваше, за да може да стреля. По-важното е, че вече мога да ти помагам.

- Ти си слушал? Това, което обяснявах на Тиан-Ка?

- Разбира се. Всичко, свързано с магията и с твоя свят живо ме интересува. Опитвам се да го разбера.

Той прекъсна връзката в задната част на оръжието и помоли Рие-Ка да го зареди отново. Енергията бързо се натрупа, чу се ново изписукване. Без възможност заряда да се освободи, изстрел не последва.

- Вече мога да стрелям когато си поискам. Тази нощ няма да те подведа. Можеш да разчиташ на мен. - В сведения поглед на Ян се смесваха равни дози срам, вина и увереност.

- Откакто те познавам разчитам на теб. И досега не си ме подвеждал. Все пак магията ме доведе до теб. - Усмивката в очите на Рие-Ка беше предназначена да го ободри.

- По този въпрос... как да ти кажа... не съм сигурен, че точно аз съм твоят човек. Отначало не ми беше ясно с какво бих могъл да ти помогна. Когато обаче разбрах, че Тиана е магьосница, и то по-могъща от теб, нещата ми се изясниха. Магията те е довела при нея, не при мен. Аз съм бил просто посредник, тя е човекът, чиято помощ търсиш. И която току-що загуби. - Ян мрачно гледаше след изчезналия Вергак, гневно вдигнал страшното оръжие.

Осма глава: Мелерк Ка

С натежали от тревога сърца тръгнаха отново на път. Бяха сами, без подкрепата на хората, на които искаха да помогнат. Преследваха ги могъщи врагове, бяха отвлекли приятелката им. Не знаеха дали Тиана въобще е жива, и ако да - през какви премеждия преминава. Намръщените ниски облаци, голият скалист пейзаж, далечните планински върхове, обагрени в последните лъчи на залязващото слънце - всичко беше в унисон с мрачното им настроение. Крачеха бързо, без да се обръщат. Отчаянието им ги следваше по петите и ги пришпорваше със свистящият си камшик.

Рие-Ка му разказа за едно езеро, скрито дълбоко под земята. Езеро, пълнено от водите на много реки, и по този начин свързано с много други езера. Мелерк Ка, езерото на магията. Там можело да зададеш въпрос, и да получиш отговор. Може би не ясен. Може би не точно такъв, какъвто си очаквал. Но винаги получаваш някакъв.

- Отдавна никой не е ходил там. Не е съвсем безопасно. На нас обаче ще ни се наложи, само така ще можем да намерим Тиан-Ка. От всяко едно езеро можем само да огледаме какво се вижда през другите. Но това езеро е особено, то е изворът на магията, нейният център. Майка ми е разказвала истории за него, много древни истории, предавани от магьосница на дъщеря. За съжаление до него не може да се стигне с ходене, само с мелкар.

Ян потръпна. Второ прехвърляне? Толкова скоро след онова, което едва не го уби? Тайно се бе надявал да не му се налага да ползва този вид транспорт повече. Но не искаше да изглежда като страхливец:

- Няма ли така да влезем в полезрението на Кришла-Ка? Ти нали каза, че трябва да избягваме езерата, за да не те открие? - За него непознатата опасност беше още по-голяма. Два пъти вече бяха побеждавали Вергаки, имаха и оръжие. Кришла-Ка обаче беше неизвестен фактор, не знаеше какво да очаква. А и самата Рие-Ка се боеше от нея.

- Както казах - нямаме избор! - въздъхна тя.

В главата му се роди идея. Още недооформена, с едва наболи пера, тя запърха с криле, търсейки път навън.

- Ти каза, че за да преминем, ни трябва огледална повърхност? - Това беше наполовина въпрос, наполовина твърдение. Ян с напрежение зачака отговора й.

- Така е, да. Достатъчно голяма, за да можем да преминем през нея. - Рие-Ка не беше сигурна какво точно я питаше той.

- И не е нужно да е вода, нали така?

- Предполагам. Не разбирам за какво говориш? - Магьосницата го гледаше озадачено.

- Веднага ще ти покажа.

След като я накара да се скрие зад един камък, Ян избра относително равна, почти отвесна скална плоча на стотина метра от тях. Блестящите нишки, изпъстрили цялата й повърхност, изглеждаха обнадеждаващо. Насочи оръжието към центъра и стреля. Скалата избухна в ослепителна експлозия, наподобяваща малък вулкан. През бързо разсейващият се дим, издигащ се на мястото на мощния взрив, двамата различиха плитък кратер. Периферията му беше неравна и назъбена. Отдолу се беше стекла малка, и все още димяща капка от стопена лава. В центъра обаче беше издълбана яма с почти идеално кръгла форма. Невъобразимата температура на изстрела бе втечнила за миг каменната повърхност, която после бе застинала в искрящ огледален обсидиан. След като го изчака да се охлади, Ян с нескрита гордост й показа творението си:

- Това ще свърши ли работа?

Иззад импровизираното прикритие Рие-Ка критично оглеждаше тъмното параболично огледало:

- Ами не съм съвсем сигурна, много е малко. Освен това е изправено, а не легнало. И е огънато, а не право... и... честно казано, досега не съм пътувала през камък, само през вода.

От огледалото ги гледаха миниатюрни Ян и Рие-Ка, и беззвучно ги зовяха да ги последват.

- А аз мисля, че ще стане. Размерът не е проблем, защото отраженията ни също са намалени, заради формата на огледалото. Това, че е вертикално не ти попречи преди, в моя свят. По-важното е, че е идеално гладко. Нали това ти трябва?

Рие-Ка реши да му спести разказа за това какво щеше да ги сполети ако мелкара се провалеше. Беше чула достатъчно истории за магьоснички, прехвърлени наполовина, или преминали от другата страна мъртви, с гротескно деформирани начупени тела. Толкова много истории, изпълнени с такива ужасяващи подробности. Беше сигурна, че в тях има поне зрънце истина. Усмихвайки се с престорена бодрост, промълви:

- Какво пък, да опитаме. Да видим първо дали случайно не е близо до някое езеро?

Инстинктивно застана така, че отражението й да заеме централната, сравнително плоска част на огънатото огледало. Простря ръце напред, с вдигнати длани и пръсти, разперени като ушите на разтревожена сърна. Огледалната до преди миг повърхност потъмня, върху нея започнаха да примигват и потрепват различни образи, натрупваха се, измествайки се един друг. Сменяха се толкова бързо, понякога още недооформили се, че Ян не смогваше да следи нервният им бяг. След минута Рие-Ка мрачно кимна на себе си:

- Както и предполагах. Вергакът не е толкова глупав, че да я държи близо до езеро. И друг път сме опитвали да намерим отвлечени магьоснички, и винаги без успех. Налага да посетим Мелерк Ка, само там можем да научим нещо за местоположението й. Готов ли си да тръгваме? - Тя го гледаше с тревога и жал.

Не беше готов. И никога нямаше да бъде. Но трябваше да намерят Тиана. Не би си простил, ако поне не опитат. Колкото и малки да бяха шансовете. А да чака Рие-Ка тук сам, в една непозната и опасна земя, далеч от всякаква помощ, би било най-малкото неразумно. Да я последва изглеждаше значително по-безопасно.

Оставиха дрехите си сгънати под тежкото оръжие. Ян прегърна здраво раменете на Рие-Ка и стисна очи. Стегна всеки мускул в тялото си, макар да знаеше, че нищо не можеше да го подготви за това, което предстоеше. Докато се колебаеше дали да вдиша, или да издиша, слънцето примигна и угасна. Непоносима болка го прониза за невъобразимо кратък момент. Толкова силна болка, сякаш тялото му се раздираше на части. За толкова кратък миг, че не беше сигурен дали въобще я е имало. Острият студ го накара рязко да издиша и да отвори очи. Освободила се от хватката му, Рие-Ка плуваше към брега на тъмно подземно езеро, мъждиво осветявано от зелени-каквото сияние на флуоресциращи насекоми.

Когато излезе от водата, тя разтърси мократа си коса в напразен опит да я изсуши поне малко. Огледа се наоколо, търсейки нещо, което да запали. В сумрака не се виждаше почти нищо. Брегът представляваше полегата скала, поръсена с дребен пясък. Зад тях езерото потъваше в мрака на пещерата, другия бряг можеше да е на метри или на километри. Далече напред лъч светлина се спускаше от някакъв процеп във високия таван, и се забиваше като копие в земята.

- Този път прехвърлянето беше почти поносимо. Как го направи? - Ян тъкмо бе стъпил на брега, мъчеше се да овладее треперенето на преохладеното си тяло.

- Лесно. Просто сега магията беше жива и в двата края на тунела, така че панвура ни предпазваше през цялото време. А и разстоянието беше малко, пътуването продължи само миг.

Скоро тя се отказа да търси дървесина за факли. Голото й тяло се озари от мека пулсираща бледосиня светлина. Рие-Ка ту я разпростираше нашироко, ту я свиваше в тесен, концентриран лъч, който настойчиво се впиваше в тъмнината, опитвайки да изкопчи отговори от нея.

- Какво търсиш? - попита Ян.

- Никога не съм била тук. Не познавам мястото. Не знам къде и как да задам въпроса си.

Изведнъж погледите и на двамата се приковаха в нещо на десетина метра от тях. Там лежаха безразборно натрупани магьоснически дрехи, оръжия, украшения и разни други странни и непознати предмети.

- Къща за дрехи? - объркано попита Ян. Не приличаше, а и как биха могли да са донесени всички тези предмети тук, щом пещерата беше недостъпна без мелкар? А може би това беше мястото, където се появяваха всички неща, изчезнали при прехвърляне?

Без да удостои въпроса му с отговор, Рие-Ка му хвърли някакви панталони, докато самата тя навличаше бяла магьосническа роба. Вече се канеше да продължи, когато нещо привлече вниманието й. Забравила дори да диша, тя вдигна ръка със стиснат в нея предмет. Причината за вълнението й приличаше на огърлица. На тънка верижка, изтъкана от фини златисти нишки, бяха нанизани сини и червени камъчета. Редуваха се правилни шестоъгълници и осмоъгълници. В средата, окачена за центъра си, висеше голяма зелена трилъчева звезда. Рие-Ка рязко си пое дъх:

- Това е Риглод. Той олицетворява върховния контрол върху магията. Толкова легенди съм слушала за него, но до днес даже не бях сигурна, че съществува. Разказват, че само най-могъщите магьоснички можели да го носят. Не разбрах, дали на другите било забранено, или не можели да овладеят мощта му. Бил загубен много, много отдавна. - Гласът й изневери, тя нервно преглътна.

- Защо не го поносиш малко, мисля че ще ти отива. Сините камъни имат цвета на очите ти.

След като колебливо промуши глава през него, Рие-Ка застина в тревожно очакване. От каквото и да се опасяваше, не се случи. Огърлицата наистина й стоеше много добре, ефектно изпъкваше на фона на бялата й дреха. Риглодът пое нежното сияние, което извираше от тялото й и преминаваше през станалата почти прозрачна рокля. Камъните му заискриха, острите ръбове между полираните стени хвърлиха ярки зайчета по скалите наоколо.

- Мисля, че те харесва. Освен това стана много по-светло. Предлагам да го носиш, поне докато се появи някоя друга, по-достойна магьосница.

Неразбрала шегата му, Рие-Ка го стрелна с гневен поглед. Изражението й омекна малко, когато видя, че добродушната му закачка не влагаше обида към скъпоценния й накит.

Ян се наведе към нея за да го разгледа по-добре:

- Не прилича на нищо друго, което съм виждал. И качеството на изработката далеч надминава всичко, на което сте способни. Не мисля, че е създадено от твоя народ, просто нямате необходимите технологии. Какво знаеш за него? Няма как да е създаден тук, а след като нищо неживо не може да се прехвърля с мелкар, значи няма и как да е донесен отвън. Ами Вергаките? Същото се отнася и до тях, те как са се появили?

Рие-Ка не отговори. Докато я чакаше, Ян се сети за нещо:

- Ти каза, че магията не работи върху Вергака, защото не можеш да се свържеш с него, не можеш да го почувстваш. Ами върху този... Риглод?

Още недовършил въпроса си, тя вече го беше разбрала. Концентрирано присви очи, насочвайки магията си към странния накит. Риглодът присветна по-ярко. Рие-Ка изстена от болка.

- Определено реагира на магията. И не му харесва - промълви тя през плътно стиснатите си устни.

Продължиха да изследват пещерата. Не знаеха как изглежда това, което търсеха. Оглеждаха се за нещо странно, не на място. Нещо, което да прошепва "Аз съм магия". Когато след малко го видяха, го разпознаха на мига. Нещото приличаше на обърната с върха си надолу четиристенна пирамида, забита наполовина в земята. Съвършено гладките стени не оставяха място за съмнение в изкуствения й произход. Рие-Ка грациозно седна пред нея и подпря лакти на равната повърхност на основата й. Ян приклекна встрани, като се опитваше да не пречи. Зачуди се какво ли е това, "маса за отговори" ли, що ли? Магьосницата застина напълно неподвижно, с плътно затворени клепачи. Те леко потрепваха, следвайки бързите движения на очите й под тях. Оформи въпроса в съзнанието си. След малко промълви отговора:

- Вергаките водят жертвите си там, където живеят враговете на магията. Това видях.

- Знаеш ли къде е това? - Ян се надяваше на малко по-конкретна информация.

Рие-Ка го стрелна с поглед, лишен от всякаква надежда:

- Много е далече, Ян. Нищо не можем да направим... Далече на юг, далеч отвъд планините...

- А езера? Има ли наблизо езера? Можеш ли да поискаш карта?

- Карта? Какво е "карта"?

- Ами... - запъна се той... - Картина на мястото.

Той нахвърля малко пясък върху импровизираната маса и го заглади с длан. Погледна я с очакване. Тя го разбра и скицира груба карта на района. После боцна на няколко места с пръст, маркирайки известните й езера. На юг от стръмните склонове на Гурибади не нарисува нищо, защото никой никога не беше ходил там. И някъде далече надолу, в самия край, беше мястото, където Вергакът беше отвлякъл Тиана.

- Ще ни трябва повече информация за тази част - ръката му кръжеше над некартографираната зона.

Изведнъж, сякаш разбрали въпроса му, песъчинките оживяха и се издигнаха. Застинаха във въздуха, оформяйки релеф. Появиха се склонове и хребети, разкриха се непристъпни зъбери. Ян зяпна.

- Какво е това? Ти ли го направи? Как? - После млъкна, внезапно осъзнал, че това не беше Рие-Ка, нямаше как да е тя. Не можеше да му покаже в детайли район, който не познаваше. Тера инкогнита. Беше масата. Тя беше отговорила на въпроса му, въпрос, който дори не беше задал. Само си го беше помислил, и тя му беше отговорила. Не знаеше дали беше реагирала на мислите му или на движението на ръката му. Но беше твърдо решил да изкопчи от нея цялото й знание. Всичко, което успееше. Дъхът му секна при мисълта за неизброимите тайни, който тази странна пирамида можеше да му разкрие. Имаше толкова много въпроси за това място, и сега за първи път нещо беше готово да отговаря. Той не владееше магията, но притежаваше опит с машините. А това тук явно беше нечия странна представа за библиотечен терминал. Рие-Ка разговаряше с устройството посредством мисловни образи - така задаваше въпрос, и така получаваше отговор. Ян обаче можеше да използва пясък.

Размаха ръка, все едно четка, над нарисуваната от магьосницата част на картата и със задоволство видя, как тя стана по-детайлна и прецизна. Езерата добиха форма, даже се появи едно ново, непоказано от Рие-Ка. За съжаление в планинския терен не настъпи промяна, не се появи никакво езеро. Нямаше пряк път към Тиана. Ян удави разочарованието си с любопитство. С длани започна да свива периферията на пясъчния релеф, който кротко си висеше във въздуха. Притисна го от всички страни докато рисунката се смали. Обърнатата пирамида послушно запълни освободеното пространство на картата с още планини на юг, и с още вода на север. След няколко такива свивания цялата територия, която познаваха, стана по-малка от длан. Тогава се случи нещо странно -

част от песъчинките оформиха купол, извисяващ се високо в небето. Той озадачено погледна Рие-Ка:

- Какво е това, огромен панвур от защитна магия?

Магьосницата, която наблюдаваше действията му с нарастващо страхопочитание, поклати отрицателно глава. Каквото и да беше това, за нея бе не по-малка загадка. Без мащаб, Ян нямаше никакъв начин да установи размерите на прозрачния свод, закрил целия им свят. Но беше ясно, че е гигантски, вероятно се разпростираше на стотици километри. Внезапно разбра какво бе избухнало високо в небето през първата му нощ тук. Било е просто метеор, изпарен от защитаващия света на Рие-Ка купол.

Всичките тези разкрития не помагаха особено в намирането на Тиана. А тъкмо това бе причината двамата с Рие-Ка да са тук. Въпреки това Ян не можеше да спре, не и преди да разбере какво има отвъд защитния похлупак. Реши да ускори познавателния процес, като включи и Рие-Ка в него:

- Накарай го да се смали, да се свие. Да видим какво още си имаме тук.

Тя кимна и се зае да намалява мащаба. Справяше се много по-бързо от него. Извън купола имаше основно вода, един гигантски безбрежен океан, монотонно разпрострял се във всички посоки. После долната част на релефа се закриви, стана част от сфера. Не след дълго вече наблюдаваха цялата планета, изрисувана от висящите във въздуха песъчинки. Гледката беше величествена, дори и за Ян. За Рие-Ка, която за първи път виждаше света си отвън, беше откровение.

- Почини си, поспи малко. Трябва да събереш сили, за да ни изведеш от тук. Аз ще поразгледам още малко - предложи Ян.

Без да чака втора покана Рие-Ка се отпусна на скалния под, сви се и почти веднага заспа. Синята светлина, която струеше от тялото й постепенно избледня и угасна. Самата маса излъчваше бледо жълто сияние, напълно достатъчно за Ян.

Трескаво отдалечи още гледната точка, картината послушно се смали, разкривайки околността на доста сплеснатия в полюсите сфероид на планетата. Това значи висока скорост на въртене около оста, отбеляза си той наум. Затворената под купола люспичка се намираше близо до издутия от центробежната сила екватор. Пръснатите из океана континенти не приличаха на нищо познато. Луната не се виждаше никъде. Планетата се къпеше в конусообразния сноп светлина, излъчван от някакъв миниатюрен насочен източник. Макар и нищожно малко в сравнение с размера на самата планета, това без съмнение беше слънцето, което виждаха да свети в небето. То обикаляше във висока екваториална орбита около техния свят. Хиляди пъти по-близо, и хиляди пъти по-малко от земното Слънце, така че да има същия видим диаметър. Но нямаше никакво съмнение - това не беше Земята. Ръката на Ян безпомощно замря във въздуха, лишена внезапно от контрола на съзнанието му. В един удивително кратък миг, истината блесна пред него, заслепявайки го с невъзможността си.

Нечия гигантска ръка се беше пресегнала, и бе пренесла късче от Земята през безкрайните простори на космоса. Заедно с хората, животните, растенията, водата и дори въздуха. Старателно ги беше защитила с някакъв купол от панвур, или от силово поле, нямаше как да се разбере. Някой знаеше, че центробежната сила нараства с увеличаване на разстоянието до оста на въртене. Този някой беше поставил кипящата от живот частица от света на Ян на паралел, на който центробежната сила да отнеме толкова от гравитацията на масивната планета, че да изравни остатъка със земната. И същият този някой бе създал малко изкуствено слънце, досущ като земното - с точно разчетени размери и разстояние до него. С орбитален период, изпреварващ въртенето на планетата отдолу с една обиколка за земно денонощие. И така бе завъртял 24-часовия кръговрат на деня и нощта. Да, някой беше положил доста усилия, за да могат хората на Рие-Ка

да оцелеят в този враждебен свят. И да живеят, убедени че все още са на Земята. Ако се изключи липсата на сезони, и на Луната, неизвестният беше успял. Беше свършил наистина страхотна работа. Беше се проявил като бог.

Но не мащабът на целия проект изуми Ян най-много. Беше ясно, че който и да го беше направил, бе използвал технологии далече отвъд най-дръзките човешки представи. Това обаче, което особено го шокира, което дори не можеше да започне да проумява, беше защо някой въобще би го направил. Поредният отговор, който само повдигна повече въпроси. Например - къде се беше дянало истинското слънце в тази звездна система? Дали бе угаснало преди милиони години? Или просто беше в другото полукълбо, оставащо завинаги невидимо заради насочената към него ос на въртене на планетата?

Изведнъж осъзна, че никога не беше чувал Рие-Ка да говори за години или сезони. Явно самите понятия отсъстваха от езика й. Вече поне разбираше защо - въртенето на изкуственото слънце около планетата правеше всички дни еднакви. Той разтърси глава в опит да прочисти мислите си. Имаше още толкова много въпроси. Заглади пясъка и се постара да нарисува максимално точно Риглода. Чувстваше, че беше нещо повече от символ, от обикновено украшение. Прециз-ността на изработката и чистотата на камъните недву-смислено го показваха. Този предмет не беше от този свят, точно както самата пирамида, или пък Вергаките. В момента, в който картината стана достатъчно точна, масата го разбра. Песъчинките затанцуваха във въздуха, оформяйки идеално копие на загадъчната огърлица. Докато се чудеше как да научи повече, Ян чу някакво пляскане, придружено от шляпане. Шумът идваше откъм водата, и макар да не звучеше опасно, неясно защо го накара да настръхне.

Без да губи време разтърси леко рамото на Рие-Ка. Не знаеше колко време е минало, но беше нощ, лъчът слънчева светлина, процеждаща се през тавана, беше изчезнал. Надяваше се само магьосницата да си е починала достатъчно, за да е в състояние да ги прехвърли навън. Докато тя сънено триеше с юмруци очите си, той изстреля въпроса си:

- Какво казва устройството за Риглода? - Ръката му сочеше висящия над обърнатата пирамида пясъчен модел.

- Ами... казва нещо за любов към магията, любов към близки и далечни хора. Не ми стана много ясно - прозявайки се отвърна тя. В гласа й се прокраднаха нотки на недоволство:

- Защо ме събуди?

Още преди да успее да й отговори, тя също чу странните звуци. Определено приближаваха, но сумракът на пещерата скриваше източника им. Като внимаваше да не вдига шум, Рие-Ка отстъпи встрани, извън бледо осветената от жълтеникавото сияние на масата зона. Направи му знак с пръст да я последва. Напълно безсмислено - той не се отделяше от нея. Очите му напрегнато се взираха в непрогледния мрак, опитвайки се да различат нещо. Магьосницата запрати един камък навътре в пещерата. Шляпащите стъпки последваха шума от падането му, отдалечавайки се от водата.

Напълно безшумно, като се ослушваха на всяка крачка, те тръгнаха обратно към брега на езерото. Недоумяващ, Ян прошепна в ухото й:

- Можеше да се биеш с това нещо, щеше да го победиш. Видях какво направи с Вергаките. Защо реши да избягаш?

- Това би било голяма грешка, която можеше да ни струва живота. Първо, по принцип избягвам да убивам, правя го само, когато наистина се налага. И второ, помисли ли какво би станало, ако вложа в битката толкова сили, че после не успея да ни прехвърля навън? Ако се наложи да останем тук още един ден, и нещо друго ни

нападне пак - как мислиш, че щеше да свърши това за нас?

Ян знаеше, че е права. Просто в него се беше събудил дремещия, неизползван от векове, инстинкт на войн. Не му се щеше да отстъпва, да бяга. Искаше да остане и да се бие. И вероятно щеше да загине...

Когато достигнаха до брега, Рие-Ка неохотно свали Риглода от тънката си шия. Със съжаление понечи да го остави обратно на студения каменен под. Нямаше как, трябваше да се раздели с него. За малкото време, което го бе носила, вече го чувстваше като част от себе си.

- Би ли ми го подала за малко? - протегна ръка Ян.

Тя вече познаваше тези игриви пламъчета в очите му, беше намислил нещо. Не искаше да го окуражава, затова каза възможно най-безразлично:

- Заповядай.

Ян внимателно пое безценната реликва, повъртя я преценяващо, и после я постави в устата си. След това хвана Рие-Ка за раменете, показвайки че е готов за прехвърлянето. Тя само кимна небрежно през рамо:

- Дръж се, тръгваме си.

Девета глава: Ка

Ян не успя дори да мигне. При третото прехвърляне не беше усетил почти нищо, може би започваше да свиква. Или пък Рие-Ка ставаше все по-добра в това да го закриля от унищожителното влияние на мелкара? Остър вятър пронизваше голите им тела, докато обличаха поомачканите си дрехи, които ги чакаха там, където ги бяха оставили. Скриха се на завет зад скалата с каменното огледало, от което току-що бяха излезли. Ян недоволно примижа, заслепен от първите слънчеви лъчи, известяващи появата на новия ден. Рие-Ка с насмешка го смушка в ребрата:

- Защо лапна Риглода? Какво си мислеше? Нали ти казах, че нищо неживо не може да...

Закачливата усмивка замръзна на лицето й. За нейно огромно удивление Ян извади Риглода от устата си.

- Но... как? Това е невъзможно! - Изумлението вкамени лицето й като театрална маска.

- Как може да виждаш нещо, и да казваш, че е невъзможно? - На устните на Ян изгря лека, едва доловима иронична усмивка. Сега беше негов ред да се забавлява с недоумението й.

- Просто си помислих, че в човешкото тяло има доста вода, както и кости и зъби - все нежива материя, която обаче се прехвърля, иначе мелкара просто би те убил. Пък и помниш ли локвичката, в която те намерих при първата ни среща. Беше дошла заедно с теб - в устата и в белите ти дробове. Затова реших, че мелкар вероятно прехвърля човешкото тяло като едно цяло, заедно с всичко в него - живо и неживо. С други думи: не се прехвърля неживата материя само извън живия организъм. Пък и не изглеждаше кой знае какъв риск да се опитам да изнеса Риглода в устата си. В най-лошия случай щях да се проваля, и той щеше да си остане в пещерата. Но пък можеше и да успея.

Той внимателно сложи магическото украшение на врата й:

- Много ти отива. С него приличаш на истинска магьосница.

Тя го дари с пленителна, макар и мимолетна усмивка. Сякаш слънчев лъч, пробил за миг мрачната облачна покривка. По принцип рядко се усмихваше, вероятно налегната от тежките грижи и тревоги за хората си и за дъщеря си. Сега си беше позволила да свали за момент своя щит, да позволи на вътрешната си светлина да се покаже навън. Когато мигът отмина, Ян долови частица от тежестта, която никога не слизаше от гърба й. Смазващата тежест на целия й малък свят, който тя носеше на тънките си плещи като плащ. Без да се оплаква, без да показва умора. Движеше се с гордо вдигната глава и, освен в такива редки моменти, човек въобще не можеше да предположи какво й струва това. Жегна го остро чувство на жал. Той стисна юмруци за да овладее изражението си. Не искаше да добавя и загриженост за него към безкрайния й списък с тревоги. Спешно му трябваше тема за разговор:

- Защо реши да ни върнеш пак тук?

- В планините, там където е Тиан-Ка, така или иначе няма езера. Тук поне ни чакаха дрехите ни, пък и предположих, че ще си искаш оръжието. Ще минем през Леркума, хората там ще ни дадат коне, може би дори и водач - такъв, който познава планините. Само за малко ще се видя с Икел, и веднага продължаваме да търсим Тиан-Ка.

Тя сякаш се извиняваше, че за момент щеше да загърби нуждите на другите, за да се погрижи за собствената си дъщеря. Че, макар и за малко, щеше да отложи търсенето на Тиана заради чувствата си. После сведе очи към Риглода, сияещ на врата й, и тихо промълви:

- Благодаря ти за това. Не знаеш какво значи то за мене.

Докато вдигаше погледа си обратно към лицето му, Рие-Ка се вцепени. Гледаше с немигащи очи някъде зад лявото му рамо. Стиснал здраво оръжието на Вергака, Ян се завъртя толкова рязко, че я събори на земята.

В далечината, подобно на колона мравки, се движеше група войници. Умората им, макар и все още стегната походка, както и пълното им бойно снаряжение показваха, че не са ползвали мелкар. Движеха се с добро темпо, почти бяг, към Леркума. По същия път, по който ги бе водила и Рие-Ка. Ян скочи върху нея, притискайки я плътно към земята. Не ги бяха забелязали, може би щяха да ги отминат. Тогава над близкия хълм се показа Кришла-Ка. Носеше се високо над земята, разперила широко ръце. След миг ги видя и моментално се обви в панвур. Подчинявайки се на командата й, колоната зави рязко към тях. Войниците се затичаха, заплашително вдигнали оръжия над главите си. Движеха се струпани в плътната купчина на хора, срещу които никога не е стреляно. Ян трескаво прецени вариантите, не бяха много. Рие-Ка вероятно бе доста изтощена от прехвърлянето, едва ли щеше да намери сили да зареди оръжието повече от веднъж. Нямаше никаква представа дали то въобще щеше да е ефективно срещу защитата на Кришла-Ка, по-скоро не. Не беше сега моментът да се поемат рискове. Бързо взе решение: щеше да остави двете магьоснички да премерят силите си, а той щеше да помогне с това, с което можеше. Подаде ръка, за да помогне на изправящата се Рие-Ка. Посочи с поглед оръжието:

- Би ли ми го заредила. Нали вече знаеш как?

Тя кимна с глава, събирайки целия си страх, гняв и омраза. Всички негативни, разрушителни чувства, които толкова се бе старала да избягва. Сега те се оказваха полезни, и градените с години възпиращи ги бариери трябваше да бъдат вдигнати. Рие-Ка се страхуваше от гнева си, от неговата унищожителна всепоглъщаща сила. Така я беше учила майка й, още когато беше съвсем млада магьосница. Това беше опасно чувство, което трябваше да се избягва на всяка цена. Два пъти вече беше успяла да го призове, да го използва и да го угаси. Но тогава беше спокойна, животът й не беше в непосредствена опасност. Сега беше друго. Не знаеше дали щеше да успее да се овладее, веднъж отприщила звяра в себе си. Дали нямаше да се загуби, погълната от бушуващата стихия.

Концентрира гнева си в нажежена до бяло топка, малко слънце на върха на пръстите й. Изля го в оръжието. Целият, до последната капчица. Освободено, съзнанието й отново стана гладко и спокойно като повърхността на езеро в безветрен ден.

Ян се прицели пред краката на приижащата тълпа и стреля. Ударната вълна от взрива разхвърля войниците във въздуха като детски играчки. Отхвърли ги назад - крещяща и звънтяща маса от тела и оръжия. Вече на земята, те бавно и неуверено започнаха да се изправят. Залитащи и зашеметени. Ужасени и объркани. Тези от тях, които все още държаха оръжия, бързо ги захвърлиха. Плътната формация от яростно атакуващи войни се беше превърнала в хаотична маса от безразборно бягащи уплашени хора. Успя, спря ги без да ги убива. Надяваше се никога повече да не вдигнат оръжие.

Кришла-Ка се рееше високо над бойното поле, и го виждаше като на длан. Беше загубила армията си, но не и битката. Хвърли светкавица към Рие-Ка, която едва свари да вдигне ръце пред себе си, за да се защити. Не й стигна времето да се обвие в панвур, а само да създаде малка топка магия. Това се оказа достатъчно да отклони съвсем леко енергийния поток и да поеме част от силата му. Ударът я отхвърли назад, зашеметена, но невредима. Преди да успее да се опомни, Кришла-Ка стреля пак. Този път Рие-Ка съумя да отскочи и да се изтъркаля встрани. На мястото, което заемаше само преди миг, остана да тлее изпепелена земя. Все още леко замаяна, тя отново успя да се изправи. Приличаше на кобра, леко поклащаща се на опашката си. Дебнеща, готова за атака. Но прехвърлянето от подземното езеро и зареждането на оръжието я бяха изтощили. Още преди да встъпи в битката, тя вече бе на ръба на силите си.

Кришла-Ка се готвеше да изстреля трета светкавица. За момент открехна процеп в защитата си. Очаквала тъкмо това, Рие-Ка успя да запрати малко огнено кълбо вътре в панвура на Кришла-Ка. Злата магьосница пламна за миг, но веднага угаси пожара с мощна ударна вълна. Въпреки това отскочи назад, беше получила урок, който не можеше да пренебрегне. Не знаеше точно колко е изтощена Рие-Ка, нито какво представлява оръжието в ръцете на Ян. Реши да не рискува и смени тактиката си.

Трима от най-едрите войници прекратиха ужасения си бяг. Тромаво и неохотно се обърнаха и тръгнаха към Рие-Ка. Движеха се бавно и неуверено. Олюляваха се на всяка крачка, сякаш невидима сила местеше краката им. Единият се наведе и вдигна някакъв меч от земята. Допълнителната тежест напълно обърка походката му. Той се запрепъва, но продължи напред. Крачка след крачка, като навита на пружина играчка. Тримата приближаваха бавно, но неотклонно.

В душата на Ян се прокрадна съмнение. Неусетно то се превърна в тревога, тя прерасна в страх. На свой ред той отстъпи мястото си на надигащият се гняв. Първоначално абстрактен, гневът започна да се избистря и концентрира. В мига, в който се превърна в нажежена до бяло омраза, Ян вече знаеше точно къде да я насочи. Като придошла река, помитаща мостове и бентове по пътя си, омразата му избухна в дива ярост. Рие-Ка , тази малка подла кучка! Беше го измъкнала от удобно подредения му живот. Беше го довлякла в незначителния си долнопробен дивашки свят. И за какво? Всички лишения, които търпеше заради нея - без цел, без смисъл. Мразеше я, мразеше дъщеря й, мразеше каузата й. Тя трябваше да умре! О, тя щеше да умре, и то още сега! Вдигна тежкото оръжие и замахна към нея.

Рие-Ка погледна сгърченото от болка и омраза лице на Ян. Разбираше какво става в душата му, какъв демон вилнее в съзнанието му. Вината беше нейна. Не беше успяла нито да го предупреди, нито да го предпази от магията на Кришла-Ка. Длъжна беше да му помогне. Насочи цялата си сила към него. С дясната си ръка го обви в най-непроницаемия защитен панвур, който успя да създаде. С лявата едва успя да издигне възпираща преграда пред най-близкия войник, който твърдо беше решил да пробие дупка в нея.

- Моля те, Ян! Нужен си ми! - едва успя да промълви Рие-Ка, смазана от огромното усилие да воюва на два фронта.

Защитната й магия прекъсна влиянието на Кришла-Ка върху Ян. Всъщност - прекъсна изцяло връзката му с външния свят. Нищо не можеше да премине - нито меч, нито магия, нито дори въздух. Не след дълго панвура, който го предпазваше, щеше да го убие.

Но Рие-Ка беше на края на силите си, не можеше повече да поддържа двете бариери. Тя изпищя от отчаяние и безсилие, и се свлече на земята. В следващия момент атакуващата грамада от мускули възобнови спираното си досега движение. Във въздуха проблесна меч, насочвайки се към главата й.

Освободен от панвура, Ян пое глътка свеж въздух. Опитваше се да си спомни нещото, което до преди миг бе определяло съществуването му. Нещо важно и значимо, завладяло го изцяло. Това, което бе направлявало действията му, целта, заради която си бе струвало дори да умре. Знаеше само, че за да спаси света трябваше да убие някого. Разтърси глава за да разкъса бялата пелена на обвилата го мъгла. Стоеше съвсем сам, напълно опустошен, изпразнен от желание за живот. Беше лишен от посока, личността му бе заличена. Ако въобще някога бе съществувала. Огледа се наоколо, бавно събуждайки се от вековен сън. Клепачите му бяха станали непоносимо тежки, беше му трудно да държи очите си отворени.

Все още замаян, видя падналата в краката му Рие-Ка и войника, надвесен над нея. Успя да го удари в лявото рамо и да го избутска встрани. Тежестта на меча повлече надолу извадения от баланс нападател и го събори на земята. Макар и невъоръжени, другите двама решително наближаваха.

С мъка изправил се, Ян застана на пътя им към Рие-Ка. Ясно му беше, че нямаше как да ги спре. Оръжието му не можеше да стреля пак без зареждане. Щеше да го използва като тояга, но в най-добрия случай щеше само да спечели малко време на магьосницата. Тя беше твърде изтощена, за да избяга с мелкар. Вероятно бе твърде изтощена, за да използва каквато и да е магия. Нямаше шанс, и той го знаеше.

Безизходицата само усили решимостта му. Да, щеше да умре, това не зависеше от него. Но все още можеше да избира как да го направи. Стисна до болка оръжието в дясната си ръка, усети леко докосване в лявата. Рие-Ка беше застанала до него и се опитваше да му вдъхне ако не сила, то поне кураж. Той кимна и зачака нападателите. Вече знаеше точно как щеше да загине - в битка, рамо до рамо с приятел. Някак си тази мисъл го накара да се почувства по-добре.

Високо в небето се появи малка точица. Бързо се уголеми и се превърна в познатия силует на Вергак. Летеше право към тях, но като че ли по-бавно от друг път. Не че това променяше нещо.

Десета глава: Сил Ка-Яр

Тиана отвори очи. Цялото тяло я болеше, главата й пулсираше. Скоро разбра защо - висеше с краката нагоре в някакво тъмно помещение. Подът беше близо под нея, но освен някаква врата не се виждаше почти нищо друго. Раздвижи ръцете си, опита се да концентрира гнева си. Щеше да разбие цялото това място на пух и прах, щеше да размаже всеки, който й се изпречи пред погледа, щеше да им покаже как се отвлича магьосница, щеше...

Нямаше да направи нищо от това. Гневът отстъпи място на отчаяние. Тя се опита да се свърже с различни предмети наоколо, да подчини на волята си въжето, на което висеше, пода, стените, вратата... Нищо не откликваше на призива й, нищо не можеше да управлява. С болезнена острота осъзна къде Вергаките отвличаха магьосничките, и защо те не можеха да се върнат.

Сил Ка-Яр, мястото с мъртва магия, не беше просто мит или легенда, не беше детска приказка. То наистина съществуваше. И тя беше затворена в него.

Изминаха няколко минути, през които Тиана трескаво преценяваше ситуацията. Беше ясно, че няма да се измъкне от тук, никоя преди нея не го беше направила. А между тях е имало наистина могъщи магьоснички. Това обаче беше без значение, защото наоколо нямаше нищо, върху което да бъде приложена магия. Или имаше? Та нали все още дишаше. Значи имаше въздух. Можеше да го използва, да създаде ураган, да разбие вратата. Не, не можеше! Нямаше как. Въздухът беше съставен от милиарди малки атоми, толкова малки, и толкова много. Нямаше начин да се свърже и да управлява едновременно такъв огромен брой обекти, тя поне не можеше. Отчаяна, преглътна сухо. Трябваше да се примири, нямаше изход.

Ами ако не е въздух? Ами ако е вода?

Челото й беше оросено с фини капчици пот, избили от усилието да се освободи от въжето. Внимателно ги събра с пръст, оформяйки една по-голяма капка. В съзнанието й това вече беше самостоятелен обект, макар и съставен от милиони водни молекули. С него можеше да се свърже, можеше да го контролира. След миг във въздуха пред нея висеше капчица пот, напълно покорна на волята й.

Сега какво? Какво можеше да направи с тази малка капчица солена вода?

Спомни си намръщения поглед на Ян, когато го помоли да й поправи изпуснатия във водата телефон:

- Технологичните устройства не обичат вода. Колкото са по-сложни, толкова повече трябва да ги пазиш!

Защо пък не? Какво имаше да губи?

Разгледа въжето, което я държеше. Беше много здраво и еластично, изплетено от меки нишки, явно за да не се наранява плячката. Омотано около краката й, то се губеше нагоре в сумрака на неосветеното помещение. Ако само можеше да се измъкне от неговата хватка.

Висеше със затворени очи, прехвърлила съзнанието си в носещата се във въздуха пот. Те бяха едно. Тиана гледаше през капката, тя беше капката. Последва въжето нагоре. Премина през отвор в тавана и стигна до някакъв странен цилиндричен механизъм. Изглеждаше стар и износен, времето дълго го беше дъвкало, годините бяха оставили следите си върху него. Но при все това вършеше работата си безукорно. Заключваше надеждно въжето, на което висеше тя. Без да разбира точно как работи, без да се интересува от лостчета и контакти, Тиана вкара солената капка вътре, и започна неистово да я движи из вътрешността на уреда. Докато вилнееше между частите тя променяше формата на потта, надявайки се на чудо. За късмет използваше изключително подходящо за целта средство - електропроводимата солена пот. А чудото, както и всяка друга, не така

вълшебна дейност, се извършваше по-лесно с помощта на правилния инструмент. Изведнъж с тихо изсъскване механизмът се предаде, и Тиана тупна болезнено на студения под. Бързо отмота босите си крака от въжето, гледайки го с ненавист. Беше свободна.

Изтегли обратно капката пот и я насочи към странно изглеждащата врата. Не беше правоъгълна, по-скоро приличаше на триъгълник с меко заоблени краища. Но можеше да се отваря, имаше тесен процеп, напълно достатъчен за да провре капчицата през него. Вече от външната страна, през погледа на водната капка, тя критично огледа вратата. Търсеше нещо, с което да я отвори. Обзе я паника. Нямаше нищо. Вратата беше монотонно сива, стената до нея - също. Нямаше бутон, нито екран или ръчка, въобще каквото и да било, служещо за отваряне на врати.

Погледна надолу, може би имаше чувствителна на натиск плоча? Ако беше така - беше загубена. Не можеше да изцеди достатъчно пот от себе си. А нямаше как да натисне достатъчно силно с малката капчица, единственото, което контролираше. Почти с облекчение видя, че подът е също толкова равномерно сив.

Тогава? Отчаяно погледна нагоре, и го видя. Малък сензор, вероятно за движение, скромно настанен на самия връх на триъгълната врата. Беше сив и незабележим, сливаше се напълно със стената, затова и го беше пропуснала. Имаше шанс. Насили се да приглуши ликуването си, да го приласкае дълбоко навътре в себе си. Беше вредно чувство, което нарушаваше концентрацията й. Вече напълно отпусната, в състояние близко до нирвана, тя започна да експериментира със сензора.

Първо раздвижи капката насам-натам под носа му, но нищо не се случи. После я разстла, тънка като утринна омара, за да покрие по-голяма площ, но и това не помогна. Сети се, че живите същества са топли, може би сензорът реагираше на топлина? Да, това беше.

Загрятият слой ефирна мъгла активира сензора. С едва чуто съскане вратата се отмести встрани.

Все още не вярваща, на ръба на силите си от изтощение, с треперещи крака, Тиана прекрачи прага.

Мракът около нея отстъпи пред внезапно включилото се изкуствено осветление. Ужасена, тя отскочи назад, търсейки спасителната тъмнина на доскорошния си затвор. Осветлението послушно угасна. Предпазливо се подаде навън и коридорът около нея отново се окъпа в обилна светлина. Нямаше как, ако искаше да се махне от тук трябваше да приеме нежеланата помощ. И с нея - опасността да бъде забелязана. Тя бавно тръгна надясно, прикрила очи от яркото осветление. Притисна се плътно до стената и усети, че подът бе леко наклонен. Светлините на тавана любезно я придружиха, като се включваха пред нея и гаснеха отзад. Вратите тихо се отместваха встрани, разкривайки тайните на стаите си.

Първите две помещения бяха досущ като това, от което се беше измъкнала. Напълно празни, прашни, отдавна неползвани. Не посмя да влезе вътре, нямаше и за какво. Последваха три стаи с неясно предназначение. Бяха стерилно празни. Но явно не бяха затворнически килии, защото имаха сензори и от вътрешните си страни. Нищо интересно, нищо полезно. След няколкостотин метра коридорът се разшири, от двете му страни се появиха големи панорамни прозорци. Тиана предвидливо спря, преди светлината отпред да достигне до тях. Повдигнала се на пръсти, тя се опита да надникне, без да се доближава повече. Това, което видя, изправи косата й и подкоси краката й.

Пет или шест подобни на растения същества боравеха със странни, непознати машини. Движеха се грациозно, пристъпвайки пъргаво с трите си крака. Издълженият, подобен на стъбло торс, завършваше с два отделни раменни пояса - единият с четири, другият с три ръце. Всяка имаше по шест много дълги и тънки пръста, които се виеха като пипала. Главите на съществата

приличаха на дървесни корони, пълни с дебели твърди клони. Между тях като змии се извиваха по-тънки и гъвкави лиани. Зеленият цвят довършваше сходството на непознатите същества с ходещи дървета. Зад тях огромен, леко изпъкнал шестоъгълен екран показваше карта на мъничкия свят на Рие-Ка. Цялото помещение беше изпълнено с блед, почти прозрачен, оранжев газ.

През прозорците от другата страна на коридора се виждаха големи прозрачни цилиндрични съдове, пълни със зеленикава, подобна на бульон, течност. Бяха десетки, свързани помежду си с многобройни тръбички с различни диаметри. Повечето бяха празни, но в останалите имаше по една жена. Някои - по-млади, други - вече на преклонна възраст. Магьосническите роби които носеха разказваха житейските истории на своите собственички. Едни бяха все още бели, а други - отдавна посивели и захабени от времето. Някои от дрехите бяха толкова износени, че вероятно се намираха тук от стотици години. Очите на жените бяха затворени, може би спяха.

Тиана с ужас съзерцаваше затвора, който едва беше избегнала. Ето значи къде попадаха отвлечените от Вергаките магьоснички. И къде щеше да попадне и тя, ако я намереха. Беше ясно, че подобните на дървета същества използват пленничките си за някакви свои цели. Макар и изпълнена с дълбоко съжаление към посестримите си, Тиана нямаше никакво намерение да остане и да разбере какво ставаше тук. Трябваше да се махне час по-скоро и да доведе помощ. Може би Ян или Рие-Ка щяха да знаят какво да правят. Но трябваше първо да получат тази информация. Вече не ставаше дума само за нея. Възможността да спаси толкова много животи бе направила нейният собствен много по-ценен.

Тя се спря в нерешителност. Усещаше, че нещо не беше наред, но какво бе то? Някакъв червей, загнездил се дълбоко нейде в съзнанието й, я гризеше настървено. Опита се да го пренебрегне, за да измисли как да избяга

от това зловещо място. Място, където беше беззащитна. Където дори новите й сили бяха безполезни.

Изведнъж проумя какво не й даваше мира. Подсъзнанието й беше намерило някакво противоречие и услужливо й го поднесе. За какво им беше на тези същества да държат магьоснички на място, където магията беше мъртва?

Заинтригувана, тя разпери сетивата си, простря ги надалеч. Почувства се толкова тънка и ефирна, сякаш цялата се беше разтворила в усилието да се протегне максимално. Магията избухна във всяка фибра на тялото й, отзова се на повика й, вля се в нея, изпълвайки с обем плоския лист, в който се беше превърнала. От изненада Тиана се дръпна назад, усетила пареща болка във върховете на пръстите си. Ка, магията, се беше завърнала, по-силна от всякога. Отново протегна сетива наоколо, бавно и предпазливо. Опипваше, вкусваше, виждаше и усещаше всичко наоколо - стените, тавана, пода. Премина през тях и продължи. Почувства нежните тела на създанията, крехката уязвимост на живота, който пулсираше в тях. Пръстите й държаха тънките като паяжини нишки на съдбите им. Можеше да ги прекъсне за миг, сякаш бе една от богините Мойри. Можеше да ги смачка като мухи, без никакво усилие. Достатъчно бе просто да освободи гнева си, дори не беше нужно да го насочва. Всъщност, установи с изненада тя, беше необходимо известно усилие за да го задържи в себе си, да не му позволи да ги нарани.

Не знаеше кои са, нито какво искаха, но беше ясно че тъкмо те отвличаха магьосничките, и че на тях служеха Вергаките. Бяха тероризирали света на Рие-Ка, оставайки невидими и безнаказани. И вероятно заслужаваха да умрат. Хиляди пъти. Но тя не можеше да намери в себе си нужната увереност. Лесно беше да ги убие, невъзможно би било да ги съживи. Можеше да стане палач, но никога не би се нагърбила с ролята на съдник.

Тиана въздъхна и хвърли последен поглед навътре в дълбините под впрегнатите магьоснички. Някъде там, на ръба на обсега на изострените й сетива, почувства нещо голямо. Дремеща мощ, осезаема заплаха. Не знаеше какво беше открила. Но нямаше значение, трябваше да върви, да намери изход, да доведе помощ. Тя се обърна и тръгна назад по коридора. Някъде по обратния път магията изчезна. Още я усещаше зад себе си, бавно затихваща. Отпред обаче се бе изпарила като капка вода върху нажежен пустинен пясък. Сякаш никога не бе съществувала.

Подмина стаята, в която се беше свестила, и продължи да изследва дългия извит коридор. След още няколко безинтересни врати се изправи пред избор. Можеше да продължи напред или да тръгне нагоре или надолу. В голяма вертикална шахта встрани от коридора бе построено широко, спираловидно виещо се стълбище без перила. Веднага се виждаше, че не е част от оригиналния дизайн на мястото. Беше значително по-грубо, нямаше я скритата елегантност, тънкия естетически усет, вложен при създаването на всеки детайл. Явно беше изградено по-късно, за да замести някакво друго средство за транспорт. Тиана реши да му се довери. Не беше видяла никакви прозорци навън, това предполагаше, че е под земята. Пътят нагоре изглеждаше естествен избор, и тя го направи.

На следващия етаж тръгна назад. Надяваше се да намери входа, през който я бяха докарали, едва ли беше далече. Единствената врата, която видя, я отведе в просторно сумрачно помещение. Тесният лъч светлина от коридора зад нея се губеше навътре, избледняваше, безсилен да разкъса тъмнината отпред. Тиана застина неподвижно за минута, докато очите й привикваха към царящия мрак. Постепенно от него изплуваха неясни силуети с едва различими ръбове. Измина още минута, преди те да образуват познати очертания. С ръка на устата сподави вика си. За Ян това щеше да е хангар, вероятно. Но знаеше точно как би го нарекла Рие-Ка: "Леговището на Вергаките".

Покрай далечната стена в просторни ниши се бяха настанили седем от тях. Неподвижни, с прибрани назад крила, гигантските машини не изглеждаха толкова страшни. От високия сводест таван към тях се спускаха различни обслужващи устройства. Сферичните им, подобни на метални таралежи тела, бяха обрасли с какви ли не инструменти. В средата на стената едва се различаваше голям трапецовиден люк, навярно това беше изходът, който търсеше. Тиана потисна в зародиш лумналият импулс да изтича към него. Дори да успееше да го отвори и да избяга - после какво? Къде щеше да отиде? Вергаките чакаха в готовност. Бяха я хванали веднъж, щяха да го направят пак. Притисна се до стената, опита се да се слее с нея. Да стане невидима. Да изчезне съвсем.

Зениците на очите й вече се бяха приспособили към оскъдната светлина, излъчвана от многобройните контролни прибори, пръснати наоколо. Тя започна да различава и по-дребни детайли. Тук-там по пода се мяркаха парчета кабел, забравени или захвърлени части. В безпорядък се търкаляха различни инструменти. На високи поставки пред всеки Вергак стояха някакви странни сребристи предмети. Приличаха на издължени гривни, пресечени диаметрално от нещо като ръчка в предния край. Тиана безшумно се прокрадна до най-близката и внимателно я вдигна. Завъртя я в ръцете си, за да я огледа от всички страни. В единия край на дръжката се виждаха няколко бутона. Пленницата пъхна лявата си ръка в гривната и обхвана с длан ръкохватката й. С тихо жужене Вергакът пред нея се издигна на педя във въздуха.

Тиана отскочи назад, после с три крачки стигна до вратата. Добрала се вече до коридора, тя спря за миг да си поеме дъх и се обърна. Тук машината не можеше да я последва, отворът беше твърде малък. Огледа преценяващо тъмната зала. Нищо не се движеше, нищо не я преследваше. Активираният Вергак кротко висеше във въздуха, очаквайки команда. Тя бавно и колебливо пристъпи обратно в хангара. Беше готова да скочи назад при най-малката заплаха. Такава обаче не последва. С любопитство заразглежда гривната на ръката си. Вергаките бяха просто машини, те изпълняваха волята на създателите си. Значи трябваше някак да се управляват. Ако само успееше да разбере как? Прииска й се Ян да беше тук, той бързо щеше да разгадае как точно се използваха гривните. Но тя беше съвсем сама в леговището на чудовищата, имаше само себе си.

Натисна два от бутоните на ръкохватката едновременно. Във въздуха над гривната се появи обемно изображение. Тиана ахна от изумление. Виждаше себе си, погледната отстрани - мръсна, с дрипава дреха, трепереща от ужас и изтощение. С протегната напред ръка с гривна, над която висеше изображение на Тиана с протегната напред ръка с гривна... Нужни й бяха няколко секунди докато проумее, че гледната точка беше от носа на Вергака.

Тя набързо събра останалите гривни, общо дванадесет на брой, и ги наниза на парче кабел. Завърза го и го нахлузи на врата си като екстравагантна огърлица. Усмихна се на иронията в ситуацията: Вергаките ловуваха магьоснички, а ето че сега тя се беше накичила с трофеите от обезвредените си врагове. Без контролните гривни вече никой нямаше да отвлича хората на Рие-Ка.

Безразборно започна да натиска бутоните на ръко-хватката, и в холограмното изображение се замярках символи. За свое удивление тя разпозна някои от тях - бяха на езика на Рие-Ка. Това не можеше да е случайно. Преди не бе обърнала внимание колко удобно бе легнала ръката й в гривната. Сега обаче нямаше съмнение - гривните бяха създадени, за да могат хора да управляват Вергаките. Тя прие факта със спокойствието на човек, свикнал с изненадите. Светът около нея беше странен, беше се отказала да се опитва да го проумее. Може би дървовидните същества не можеха да напускат помещението с оранжевия газ, затова се нуждаеха от пленничките си? Или пък ползваха мястото и корабите наготово. Възможно беше дори Вергаките въобще да не са ловци на магьоснички, а нещо съвсем друго? Тя нехаеше за причината, важното бе, че на китката си носеше ключа за свободата си.

Припомни си някои от научените от Рие-Ка думи. За щастие не се налагаше да ги произнася, а само да разпознава рисунъка им. Скоро усвои управлението на летящия кораб - оказа се толкова просто и интуитивно, че и дете би се справило. Гривната отчиташе и предаваше всяко отклонение на китката й, а въртенето на ръкохватката управляваше скоростта. С бутоните пък се избираха различните функции: карта, оръжия, автоматичен или ръчен режим. Управлението беше създадено за използване от разстояние, но тя имаше други планове.

Внимателно изведе грамадната машина от нишата й. Почувствал се на свобода, Вергакът веднага разпери дългите си криле и замря, очаквайки нова команда. Тиана припряно го превключи в режим на ръчно управление, не знаеше какво би направил с нея ако го оставеше на автоматичен контрол. Все пак той преследваше магьоснички, а тя бе точно такава.

Покатери се по широкия му гръб. Намери си удобно място за сядане, точно пред крилата. С дясната си ръка се хвана за някакво странно устройство с пет тръби отпред. Внимателно раздвижи гривната. Тежкият кораб реагираше изключително прецизно на командите й. Бавно го издигна и насочи носа му към изхода. С огромно облекчение видя как гигантският люк се отваря пред тях. Все така предпазливо се подаде навън, постепенно увеличавайки скоростта си. Отдалечаваше се бързо, без да се обръща назад, яхнала опитоменото вече чудовище. Скоро от Сил Ка-Яр остана само далечен спомен, като от нощен кошмар, прогонен от първите утринни лъчи.

Почти веднага се наложи да укроти стремителния полет на Вергака.Ураганният вятър от високата скорост заплашваше да я събори от гърба му. Вече беше избягала от ужасния затвор, сега трябваше да реши къде иска да отиде. Пое на север, опитваше се да намери Леркума, селото към което бяха тръгнали с Ян и Рие-Ка, преди да я отвлекат. Зачуди се какво ли бе станало с тях, бяха ли пристигнали вече? Не знаеше колко време е била в плен, нито пък колко път имаше до Леркума.

Издигна се над високите върхове на изпречилата се на пътя й планинска верига Гурибади. Тънката й дреха не можеше да я предпази от студа на заскрежените хребети. Разредения мразовит въздух затрудняваше дишането й. Отдолу не се виждаше нито река, нито дори поточе. Сухият терен беше гол и безплоден, лишен дори от лишеи. Суровите насечени ридове, стръмните снежни склонове, ерозиралите от ветровете и студовете зъбери образуваха непроходима каменна стена. Висока, ледена, смъртоносна стена. Нищо живо не можеше да премине, освен може би птица. Ако не беше взела Вергака нямаше да има никакъв шанс. Отдъхна с облекчение едва когато враждебните планини останаха далече зад нея.

Две малки червени точици привлякоха вниманието й. Бяха се появили в левия горен край на картата, проектирана от контролната гривна на Вергака. Досега не беше забелязала, че точно в центъра на холограмата от самото начало стоеше друга червена точка - мислеше, че тя е просто маркер. Замисли се, че щом Вергакът беше програмиран да търси и преследва магьоснички, то вероятно точките бележеха жертвите му. Тогава централната беше тя, а другите две можеха да са само Рие-Ка и Кришла-Ка. Та нали тук не бяха останали други магьоснички? Незабавно изви носа на кораба наляво.

Отдалече различи носещата се във въздуха Кришла-Ка, а миг след това зърна на земята Ян и Рие-Ка. Някакви хора се опитваха да ги убият. Без да се колебае се устреми към злата магьосница. Стреля с първото попаднало й оръжие, но пропусна. Усетила заплахата, Кришла-Ка ловко се извърна във въздуха и моментално изстреля мълния към носещата се на гърба на Вергака Тиана. Тя също толкова пъргаво успя да създаде около себе си плътен панвур. Светкавицата се удари в него, но не успя да го пробие. Отрази се към крилото на летящия кораб и го запрати премятащ се надолу към земята. В последния момент преди неизбежния удар Тиана успя частично да изравни полета му и да скочи встрани, приземявайки се в меката възглавница на собствената си защитна магия. Вергакът се плъзна напред, вдигайки трева и пясък във въздуха като някакъв гигантски плуг.

Втората светкавица на Кришла-Ка намери Тиана вече на крака, с вдигнати пред нея ръце и обкръжена от непроницаем панвур. Отби се от него и изчезна в покритото с облаци небе. Из въздуха се разнесе свежата миризма на озон. След миг нова светкавица се отклони от щита и се заби обезсилена в земята. Следващата вече не беше отклонена хаотично. Намерила сили и увереност в себе си, Тиана се опита да порази Кришла-Ка със собствената й магия. Не се получи веднага, но с всеки следващ опит ставаше все по-добра. Вместо да отскачат безцелно наоколо, отблъснатите мълнии вече застрашително се доближаваха до Кришла-Ка. Когато деветата премина на няколко метра от главата й, злата магьосница явно прецени че рискът не си заслужава, и реши да се оттегли.

Останали без умствения контрол на могъщата си повелителка, последните трима войника хукнаха да бягат.

Единадесета глава: Риглод

- Вие двамата какво сте правили докато ме нямаше? Оставих ви в опасност, намирам ви в беда. Явно не сте си губили времето. - Тиана с любопитство оглеждаше следите от доскорошната битка.

- Ами първо искахме да те намерим и спасим, после Кришла-Ка ни откри, и накрая аз се опитах да убия Рие-Ка - обобщи Ян събитията от последното денонощие.

- Не беше негова вината! Кришла-Ка го накара да ме нападне, като използва магия - опита се да го оправдае Рие-Ка.

- Дойдох тук за да се опитам да ти помогна, не за да се превърна в още нещо, което трябва да пазиш. И от което да се пазиш! Аз... направих ли ти нещо, нараних ли те?

- Не, спокойно, нищо ми няма. По някаква причина Кришла-Ка реши че си твърде ценен, за да бъдеш унищожен, и реши да те използва срещу мен. Може би си е помислила, че съм довела велик воин? И вероятно е била права... Така или иначе, благодаря ти че не ме уби. - Леката усмивка на лицето на Рие-Ка не можеше да прикрие напълно нервното й напрежение от току-що преживяната смъртна опасност.

- Ти можеш ли да правиш такова... завладяване? - Той прояви празно любопитство, и веднага беше наказан. Дясната му ръка леко го перна през носа. Рие-Ка гледаше с насмешка изумлението му.

- Какво беше това? - Ян се вторачи в ръката си, сякаш я виждаше за първи път. Раздвижи пръсти, за да се увери че е неговата, че все още я контролира.

- О, това беше лесно, просто използвах магия, за да движа ръката ти. Подобно на това, което направих с камъните срещу Вергака, но много по-лесно. Кришла-Ка обаче овладя съзнанието ти, подчини волята ти на своята.

Тя не знаеше как се задейства оръжието, а искаше ти да го използваш срещу мен. Затова те е накарала да ме намразиш, да поискаш да ме убиеш. За да може ти да го задействаш вместо нея. За мой късмет не беше въоръжен с нож. За твой - тя реши че за нея си по-ценен жив, като оръжие срещу мен. Иначе просто щеше да те убие.

- Можем ли да го направим върху Кришла-Ка? - поинтересува се Тиана, намесвайки се в разговора.

Рие-Ка потръпна от самата мисъл, лицето й се сгърчи от ужас:

- Никоя магьосница никога не би го направила. Отнемането на свободната воля дори на обикновен човек е много лошо нещо. Дълбоко неправилно нещо. Но дори само да опиташ да завладееш съзнанието на друга магьосница е и много опасно. Защото така оставяш собственото си съзнание напълно открито и уязвимо. Това е все едно някоя магьосница да прати всичките си хора да завземат чуждо село. И да остави своето съвсем беззащитно. Дори дете би могло да дойде и да го опожари! Ако не се получи, ако нещо се обърка или се намеси някой друг, ако се разсееш дори за миг, рискуваш ти да бъдеш покорената.

Отърси се от тежката картина и прегърна Тиана, после с уважение й се поклони:

- Дължа ти живота си. За втори път ме спасяваш. Благодаря ти!

- Ами ти? Къде беше? Как се случи така, че вместо ние тебе, ти нас дойде да спасяваш. И няма ли да ни представиш на новия си приятел? - Ян се запъти към падналия на стотина метра от тях Вергак.

Неволно се залюбува на съвършената в чистота си форма на ловеца на магьоснички. Беше невероятно инженерно творение. И сега беше повреден. Разгледа внимателно крилата му. Те се състояха от припокриващи се дълги и тесни пластини, всяка закрепена с късата си страна към корпуса за свое собствено гнездо. И всяка можеше да се върти и накланя самостоятелно, което даваше възможност на цялото крило да заема различни конфигурации. Това беше тайната на невероятната маневреност на Вергака. Две от пластините от лявата страна бяха пробити близо до основата си от голяма дупка, останала след отразената мълния на Кришла-Ка. Държаха се на̀ съвсем тънки ивички в двата си края. Силата на удара ги бе изкривила и нагънала до неузнаваемост. Стърчаха в разни посоки, нарушаваха обтичането на крилото и блокираха движението на съседните пластини. Ян ги разклати енергично нагоре-надолу няколко пъти, после ги удря многократно с един тежък меч. Накрая успя да ги отчупи. На мястото им зейна процеп по цялата дължина на крилото. Извън това обаче нямаше други видими повреди. Дали Вергакът щеше да полети? Можеше ли здравото крило да компенсира повреденото?

- Виж дали ще можеш да го издигнеш? - В гласа му нямаше особен оптимизъм.

Тиана само това чакаше. След миг Вергакът тежко се надигна и тромаво полетя. Трудно се задържаше във въздуха, не можеше да поддържа права линия. Тя едва успя да го приземи наблизо.

- Съжалявам, само толкова мога. - Ян безпомощно отпусна ръце. После се усмихна и се поправи:

- Искам да кажа, толкова щях да мога, ако не разполагахме с магия. Ще помогнете ли малко?

Двете жени го погледнаха изненадани. Да използва магия за да поправи устройство, неподатливо на магия?

- Не те разбирам? - от името на двете отвърна Рие-Ка. - Макар че силите ми още не са се възстановили, с радост ще опитам. Но какво искаш да направиш?

- Сещате ли се за Вергака, когото победихте заедно? Ако си спомням правилно, точно лявото му крило остана незасегнато. И е съвсем наблизо. Как мислиш, ще успееш ли да закараш този дотам? Бавно, полека и без товар?

- Ще опитам, мисля, че да. Просто ще го управлявам дистанционно с гривната! Но не разбирам за какво ще ти трябва магия? - объркано промърмори Тиана.

- Едно по едно - уклончиво отвърна Ян.

Скоро стигнаха до мястото на вчерашната битка. Там, откъдето третият Вергак беше отвлякъл Тиана. Здравото крило на затрупания с чакъл и скали кораб стърчеше косо над каменната могила. Като мидена черупка, забита в пясъка. Наблюдавайки изображението от контролната гривна, Тиана успя да докара повредения Вергак и да го приземи наблизо. Полетът беше всичко друго, но не и плавен. Изпълнен с многобройни залитания встрани, със загуба на височина и сривове през крило, някои от които едва не завършиха с преждевременна среща със земята.

- Така не е много полезен. Как смяташ да го поправиш? - Макар и да не съзнаваше точно защо, Рие-Ка бе започнала да се изпълва с доверие към Ян. Той знаеше толкова малко за света й, а беше измислил как да изнесе Риглода от пещерата. Може би щеше да успее и сега?

- Мисля, че можеш да запалиш огън, нали? - Лицето на Ян остана напълно непроницаемо.

Вместо отговор Рие-Ка само махна с ръка и едно близко храстче буйно пламна, обхванато от ярки пламъци.

Ян посочи шестата и седмата пластина от лявото крило на затрупания Вергак, на около три педи връзката им с корпуса. Всяка пластина имаше специфични форма и размери, трябваха им същите две като повредените.

- Искам да нагрееш много силно тази зона, точно тук!

Ръцете на Рие-Ка оформиха сфера, сякаш държеше плажна топка. С хищно изсъскване пламъкът се сви, температурата му видимо се повиши. Магьосницата го премести към посоченото от Ян място и огънят яростно облиза крилото. Металът даже не промени цвета си.

- Не е достатъчно! Трябва да създадеш най-мощния си огън и да го свиеш колкото се може повече. Този материал е много издръжлив, ще е необходима изключително висока температура. - Ян не беше доволен.

Рие-Ка приближи ръцете си една до друга, като фокусира пламъка. Сферата между дланите й вече беше по-малка от тенис топка. Пластината съвсем леко се зачерви.

- Обясни ми какво точно искаш? - намеси се Тиана.

- Ами много е просто. Искам плазма. Искам звезден пламък. Искам 6000 градуса. Въпросът е дали вие, две велики магьоснички, ще можете да го направите?

Двете велики магьоснички се спогледнаха обидено. Рие-Ка създаде мощен бял пламък, а Тиана го обгради отгоре с изключително плътна полусфера от защитна магия, сви го и го концентрира в точка. После прекара яркото острие от топлина през пластината. Металът побеля, над него се издигна тънка струйка сивкав дим. Гладко срязаната пластина издрънча върху камъните.

Ян не можеше да повярва:

- Ама вие сте били страшни! Ще можете ли да го повторите?

Можаха. С двете отрязани пластини отидоха при повредения Вергак, приземен наблизо. Ян ги нагласи на местата им, като подложи под всяка от тях ложе от камъни и пясък. После двете магьоснички използваха същия високотемпературен метод за да споят частите. Веднага щом облачето от сивкава мъгла се разсея провериха резултата. Шевът не беше нито съвсем гладък, нито пък идеално прав, но изглеждаше достатъчно здрав. Повториха и с другата пластина. В крайна сметка парчетата се оказаха малко по-къси от необходимото, но като цяло ремонтът приличаше на успешен.

- Може ли за малко? - Ян гледаше Тиана като малко дете, докато тя му подаваше контролната гривна. Докато я поставяше на ръката си няколко дъгообразни пластинки вътре безшумно се завъртяха и се настроиха към новия си господар.

След секунди поправения Вергак вече се въртеше в небето. Ян го подложи на сериозно натоварване, описвайки сложни фигури с него. Но корабът издържа.

- Винаги съм мечтал за такава играчка. - Възхищението му сякаш нямаше край. - Благодаря ви!

- Ужасът на десетки поколения магьоснички не е играчка! - опита се да възрази Рие-Ка, но се отказа и само махна с ръка. После се обърна към Тиана:

- Много добре си овладяла защитната магия. Наблюдавах те и сега, и преди, когато прогони Кришла-Ка. Но все пак, за да се защитаваш успешно трябва да можеш и да нападаш. Затова сега искам от теб да атакуваш онзи камък. - Тя посочи една еднометрова скала наблизо.

- Бедното малко невинно камъче. Цял живот на никого нищо лошо не е сторило! - завайка се престорено Тиана, като закърши драматично ръце. След като опасността беше преминала, бързо бе възвърнала обичайното си весело настроение на човек, който вижда света като едно голямо място за забавление.

Погледна към камъка и леко присви очи. След секунда той се разсипа на прах, толкова фин, толкова прозрачен, че бе почти невидим. Докато ръмеше към земята, в нежния му воал заискриха цветовете на дъгата.

Ян и Рие-Ка не можеха да повярват на очите си. За него това беше просто поредното чудо. Откакто беше попаднал в този свят, бе видял какво ли не, и магията не спираше да го изумява. Магьосницата обаче знаеше много, и нейната изненада значеше много. Тя беше като платно, изтъкано от дебели струни умение, преплетени с тънки нишки интуиция. Връзката й със заобикалящия я свят беше толкова дълбока, че Ян се зачуди как е възможно да съществува нещо, което тя да не знае.

- Как го направи? - попитаха двамата почти в унисон.

- Ами много лесно, всъщност. Представих си камъка като огромна тълпа от хора, които се държат за ръце. И просто ги помолих да се пуснат. Използвах защитната магия в обратна посока - не за да събира, а за да разделя.

- Унищожила си енергията на междуатомните връзки? - поклати Ян невярващо глава.

- Я чакай малко! Как така разбираш това, което казва, след като си мъж и... - Рие-Ка внезапно прехапа долната си устна и смутено заби поглед в земята пред краката си.

- И какво? Не владея магията ли? Тиана не говореше за магия, а за наука, и аз много добре я разбрах. Това не значи, че мога да го повторя, разбира се. - Широката усмивка на Ян показваше, че е приел факта, че никога нямаше да овладее магията. Би се постарал доста, би дал всичко от себе си, но това нямаше да е достатъчно. Всъщност, въобще нямаше да има значение. Така че се беше примирил.

Рие-Ка се наведе, за да разгледа останките от скалата по земята. Риглода се изсипа от пазвата й и блесна в цялото си великолепие, окъпан от светлината на полегатите слънчеви лъчи. Тиана плахо посегна с ръка, вдигнала умолителен поглед към Рие-Ка. След като получи утвърдително кимване, пое елегантното бижу много нежно, само с върховете на пръстите си:

- Ух, че е красиво! Какво е?

Тя внимателно го държеше в дланта си, без да го сваля от шията на Рие-Ка. Все едно бе древен и могъщ амулет. Сиянието на огърлицата видимо се усили.

- Ако се вярва на Рие-Ка - просто символ на контрола над магията. Но аз си мисля, че е нещо повече, много повече! - пламенно отвърна Ян.

- Да видим дали ще можем да го задействаме.

Той намръщи чело, опитвайки се да си спомни неясния превод, който Рие-Ка му бе дала в пещерата. "Любов към магията, любов към близки и далечни хора". Подхвърли мисълта нагоре-надолу като топка, опитваше се да я огледа отвсякъде, да прецени тежестта й. Да извлече скрития в нея смисъл.

- Сигурен ли си, че това е добра идея? - Рие-Ка все още доста болезнено си спомняше предишния си опит да се докосне с магия до Риглода.

- Разбира се, какво толкова може да стане? Ще бъде забавно, ще видиш. Пък и ми е интересно какво ще се получи, може да научим нещо полезно. Сега, искам да се концентрираш върху Риглода. Да му говориш с мисълта си. Първо трябва да му засвидетелстваш уважение и преклонение към самата магия. - Ян приличаше на слепец, опитващ се да намери пътя си в тресавище, но се стараеше да звучи уверено.

С тъжна въздишка Рие-Ка се подчини. След няколко секунди голямата трилъчева звезда на огърлицата заискри ослепително, с благодарност приемайки любовта на магьосницата.

- Това беше лесно. Сега опитай да разшириш любовта си, да обхванеш с нея Икел, и всичките си съселяни. Всичките си роднини, приятели и познати. Трябва да си представиш, че обичаш целият си народ, не само близките до сърцето ти хора.

След малко блясъкът на сините камъни се добави към призрачната зелена светлина на звездата.

- Върви много добре! - Ян доволно потърка ръце. - Накрая би трябвало да му покажеш любовта си към всичките си врагове. Това, мисля, е последната стъпка. Понеже не можеш да излъжеш магията, трябва да й покажеш, че ще я ползваш с любов, за да твориш с нея добро. Да защитаваш с нея всички хора - и приятели и врагове. Така и тя ще ти се довери.

- Ами Кришла-Ка? Как да изпитам любов към нея, та тя се опита да ме убие? Мразя я, боя се от нея, не бих могла да я обичам! Не искай това от мен! - Рие-Ка беше като опъната струна. Опитваше се да задържи контрола върху магията и емоциите си. Връзката й с Риглода й причиняваше видима болка.

- Ако не можеш да я обичаш, поне опитай да й простиш. Изчисти от съзнанието си омразата, изкорени всяка мисъл за отмъщение. Ще можеш ли?

Рие-Ка стоеше безмълвна, изцяло отдадена на покоряването на гнева си, на потискането на страха си, и на подхранването на любовта си. Това беше разковничето към контрола върху магията.

- Изплъзва ми се, Ян. Не мога да задържа... всички мисли... и емоции... - едва успя да прошепне тя, когато Риглода светна ярко с всичките си камъни, във всичките си цветове. Рие-Ка се строполи на земята. С труд си поемаше въздух, очите й бяха широко отворени. Но не мигаха и не реагираха на нищо.

Думите "Ето на, нали ти казах, че ще стане!" заседнаха в гърлото на Ян, задавиха го като гигантски кокал. Само за миг премина от пълен триумф към дълбоко отчаяние. Самонадеяно беше заложил живота на Рие-Ка и беше сгрешил. Сега трябваше да й помогне някак, а не знаеше как. Огледа се наоколо. От безжалостното небе безразлично го гледаше едноокото слънце.

Объркан и безпомощен, той се наведе и разтърси раменете й:

- Не умря в ръцете ми в моя свят, няма да допусна да го направиш и в своя!

Пресегна се към Риглода в опит да го свали от врата й, но на сантиметри от огърлицата нещо невидимо опари пръстите му. Токовият удар болезнено жегна мускулите на ръцете му, като конвулсивно ги сви. Лакътните му стави изпукаха от спазъма. След секунди опита пак, по-настойчиво. Този път болката премина през цялото му тяло. Нерв по нерв и мускул по мускул. Краката му неконтролируемо го изхвърлиха на няколко метра назад. Опита се да си поеме дъх, но парализираните мускули на белите му дробове не го слушаха. Сърцето му пропусна удар, после втори. Светът започна бързо да се свива, след миг хоризонтът се оказа на метър от него. И не спря дотам, продължи да се смалява, пресече физическите граници на тялото му. Всичко, което остана навън се превърна в далечен спомен, сянка от мисъл за нещо, което някога е било. Изведнъж някъде много отдалече, извън света, сякаш от друга вселена, чу в ушите си пулсиращата кръв от петия удар на сърцето си. С хриптене издиша, после със свистене пое въздух и отвори очи. Успя да хване ръката на ужасената Тиана, преди да е нанесла следващия си удар по гърдите му.

- Не прави повече така! Знаеш ли как ме уплаши - изхлипа тя.

- Добре съм, благодаря ти - едва изломоти Ян. После посочи лежащата наблизо Рие-Ка:

- Направи нещо! Помогни й!

Тиана застана над неподвижното тяло на магьосницата. Ръцете й бяха прострени над него, пръстите й леко потрепваха.

- Не знам какво да направя. Знам, че съм достатъчно могъща, но ако сбъркам, мога да я убия, вместо да я спася. Имам силата, но нямам знанието и опита. Страх ме е! - Тиана тихо проплака. Няколко сълзи се стекоха по наведеното й лице, но тя не ги избърса. Не смееше дори да помръдне с ръцете си, сякаш държеше новородено с тях.

- Аз съм виновен! Тя ми каза че я боли, беше я страх, аз я накарах... Мислех че всичко ми е ясно, бях толкова убеден, толкова заслепен... И тя ми се довери, повярва в мен, вместо на вековните си инстинкти. - Ян успя да седне. Постепенно възвръщаше контрола върху изтръп-налото си тяло. Не разбираше какво се беше объркало, но Риглодът явно правеше нещо на Рие-Ка. И не позво-ляваше да бъде свален от нея. Макар тя все още да не умираше, беше въпрос на време. Трябваше да й помогне, а нямаше нищо, което да може да направи. Тогава се сети как Рие-Ка беше излекувала раната на крака му:

- Просто помогни на тялото й да се справи, дай му от твоята сила, то ще знае как да я използва.

Плаха усмивка озари облляното в сълзи лице на Тиана, като дъга в дъждовен ден:

- Това мога да направя.

Пръстите й проблеснаха в синьо. Леки, едва видими мълнии се стрелнаха към сърцето на лежащата пред нея Рие-Ка, но в последния момент се отклониха и попаднаха в Риглода. Сиянието му се усили и стана почти непоносимо. Ян не издържа и закри очите си с ръце. Със стиснати клепачи и завъртяна настрани глава Тиана също се опита да се прикрие от заслепяващия блясък на убийствената огърлица. Но не спираше да я обсипва с тънички сини светкавици. След близо минута ярката светлина на Риглода започна да избледнява, и той отново стана видим. Част от мълниите продължаваха да го удрят, но останалите най-накрая започнаха да изливат живителната си сила в сърцето на Рие-Ка. После се разпростряха настрани и постепенно обхванаха цялото й тяло. След секунди магьосницата примигна, обхвана главата си с длани и неуверено се опита да се надигне:

- Какво става? Ти какво ми правиш? - Въпросът й беше отправен към Тиана и представляваше смесица от объркване и негодувание.

Тиана разцъфна като вишнева градина:

- Пак заповядай! Добре че обикновено съм наблизо, за да му разчиствам белите.

Тя сочеше към Ян, който вече беше на крака и с все още не съвсем стабилни стъпки се приближаваше към тях.

Рие-Ка се изправи с присъщата си грация, все едно нищо не се беше случило. С любопитство изгледа двамата си притеснени приятели:

- Какво сте оклюмали така, проблем ли има? - Тя се огледа тревожно, но не забеляза нищо опасно. - Ще ми кажете ли какво ви безпокои?

- Рие-Ка, не знам какво помниш, но ти едва не умря! Аз те накарах да активираш Риглода, и уж всичко вървеше добре, но накрая той светна много ярко, а ти загуби съзнание. Ако Тиана не ти беше помогнала вероятно вече щеше да си мъртва. - Ян търсеше, и не намираше в себе си сили да я погледне в очите. - Много съжалявам! - едва успя да добави той.

- А-а Риглода, да. Добра работа, наистина. Задължена съм ти! - Рие-Ка се усмихваше така обезоръжаващо, че Ян и Тиана не можеха да разберат дали се шегува, или е бясна, и всеки момент ще избухне.

- Наистина ли не помниш нищо? Или това е някаква игра? Защото ако е така - не е забавно. Още веднъж - много съжалявам, постъпих лекомислено и изложих живота ти на риск. Мислех, че всичко съм разбрал и няма опасност...

- Ян, много добре помня как ми помогна да задействам Риглода. И беше прав, наистина дава съвсем друго ниво на владеене на магията. Сякаш вече и аз самата съм част от нея. Усещам връзките между всички неща и всичките те ми говорят, дори и неживите. Помня, че се почувствах така и когато направих първата си магия, още като малко момиче. Просто е... неописуемо.

- Значи наистина си добре?

- Разбира се, че съм добре. Хайде, да тръгваме, нямаме цял ден.

Ян и Тиана озадачено се спогледнаха, после последваха Рие-Ка към Вергака. Но когато погледнаха проектираната от контролната гривна карта, за да планират по-нататъшните си действия, ги очакваше нова изненада. Вместо две червени точки, съответстващи на двете магьоснички, там видяха червена и лилава. След като поиграха малко на "Рие-Ка, отиди там, Рие-Ка, върни се обратно", стана ясно че тъкмо тя представляваше лилавата точка. После Ян я помоли да свали Риглода, и точката й веднага стана червена. Когато сложиха накита на врата на Тиана не се промени нищо. От локатора все така ги гледаха две червени точки. Едва когато върнаха украшението на Рие-Ка, нейната точка отново стана лилава. Озадачени, поискаха от контролната гривна още информация за новия цвят. Отговорът беше лаконичен - появи се синя точка на самия край на изображението - почти право на север. Изглежда това бе единственият източник на информация, който можеше да хвърли някаква светлина върху тайните на Риглода. Затова единодушно взеха решение да се отправят натам.

- Обърнете внимание, че досега локаторът ни показваше само неща, които засича, защото са в обхвата му. Сега за първи път виждаме точка, която е извън полезрението му, нещо за което той просто знае. Явно черпи някакви данни от паметта на Вергака. Дано само информацията му да не се окаже остаряла. - Вълнението на Ян се предаде и на двете магьоснички. Нямаха търпение да научат повече.

Не знаеха къде трябва да отидат, затова не можеха да ползват мелкар. Наложи се да измислят как да пътуват тримата с Вергака. На гърба му обаче имаше място само за двама. Ян освободи въжето, с което беше пленена Тиана, и го прехвърли няколко пъти над корпуса на кораба, като го закрепи между първата и втората пластини от крилата му. Остави го да провисне отдолу и така се получи относително удобна люлка за третия пътник. Когато готовият за полет Вергак увисна над земята, Рие-Ка чевръсто се настани там и търпеливо зачака.

- Предлагам аз да го управлявам - започна Ян, изпреварвайки с част от секундата подобното предложение от страна на Тиана. Спечелил вече инициативата, той спокойно продължи:

- Имам пред вид - аз мога да правя само това, а ти е по-добре да останеш свободна, за да можеш да използваш магията си, ако се наложи.

С логиката му не можеше да се спори и Тиана неохотно му отстъпи управлението:

- Добре, така да бъде. Много е лесно, веднага ще свикнеш. Само недей да летиш много бързо, че вятърът просто ще ни издуха.

- Това едва ли ще е проблем. Нали си имаме теб. - Когато видя, че тя не го разбира, Ян поясни:

- Достатъчно е да издигнеш защитно поле около нас. Можеш да го оформиш като пилотска кабина.

Тиана кимна. Идеята беше толкова проста, че се зачуди как не й беше хрумнала и на нея. Без да се бави създаде панвур в носовата част на Вергака и го нагласи около тях. Оказа се обаче, че дори не подозираше с каква сложна задача се беше захванала.

- Гледай да го направиш максимално прозрачен. Все пак ще трябва да виждаме през него. И остави двигателите и крилата отвън, точно така. Сега го свий още малко и го изостри в предния край, за да е по-обтекаем. Не, не толкова високо. Ето тук не е симетрично. Да не забравиш да оставиш малък отвор за дишане отзад. - Ян се въртеше нетърпеливо, сочеше насам-натам и не спираше да дава съвети.

- Искаш ли ти да го направиш? - не издържа накрая Тиана, като отпусна за миг ръцете си, с които ваеше защитния панвур на гърба на Вергака.

- Не, не, справяш се много добре. Просто исках да ти обърна внимание на няколко дребни подробности, това е всичко - опита се да се извини Ян. Беше в стихията си, напрегнат и концентриран в изпипването на всяко нещо, до последния детайл. Тиана беше пълната му противоположност, спокойна и уверена в способността си да контролира магията.

Изтъканата от почти невидим панвур пилотска кабина скоро беше завършена. Изглеждаше достатъчно надеждна, така че те се издигнаха и набраха скорост. Видимо доволни от резултата се устремиха на север, натам, където според локатора се намираше тайнстве-ната синя точка. Летяха доста бързо и относително удобно. Не знаеха как се чувства Рие-Ка отдолу, но тя ги беше уверила, че ще се устрои добре и също ще се защити с панвур. Докато непознатите равнини на чуждия свят лениво се носеха под тях, забелязаха колко много приличаше той на късче от техния собствен. Ян набързо разказа на Тиана какво бяха научили при подземното езеро Мелерк Ка. Но за нея това не беше важно, повече се интересуваше от Риглода и от тайните на магията, които той пазеше. И тогава вдясно по курса се появи червената точка на Кришла-Ка.

Вероятно щяха просто да я заобиколят, имаха си по-важна работа. Но забелязаха, че точката се намираше насред група от правоъгълни структури. Злата магьосница вероятно тероризираше невинните жители на някакво село - може би като отмъщение за малкото си поражение.

Тиана и Ян нямаше как да се посъветват с Рие-Ка, която беше под тях - свистенето на вятъра от високата скорост заглушаваше всеки опит за разговор. Но решиха, че трябва да помогнат на селяните, които нямаха никакъв шанс срещу магьосница. Затова завиха остро надясно и след около минута пред погледите им се появиха добре поддържани ниви и пасища. Встрани от тях, върху малък хълм, се издигаше средно голямо село. В периферията му се виждаха съвсем малки и схлупени къщурки, повечето от които бяха просто сламени колиби. Към центъра сградите ставаха по-големи и масивни. Камък заместваше дървото като строителен материал. Хората долу панически бягаха и се криеха от могъщата сянка на Вергака. Кацнаха на централния площад - само той беше достатъчно голям да ги побере.

Когато Ян и Тиана скочиха на земята, Рие-Ка вече ги чакаше, неразбиращо свила рамене:

- Какво става, защо спряхме тук?

Отговорът на Ян и Тиана бе кратък:

- Кришла-Ка!

Двамата посочиха една къща на петдесетина метра напред, където според локатора се спотайваше червената точка.

Двете магьоснички напрегнато зачакаха нападение. Тиана веднага ги обгради с голям полупрозрачен панвур. Като внимаваше да не събори някоя къща, тя бавно го разшири, докато не покри целия площад. Изглеждаше сякаш гигантска хищна птица намества тежките си криле. Всички хора се бяха изпокрили. Наоколо нямаше никой, само вятърът ритмично блъскаше някаква забравена порта в далечината. Докато Ян се чудеше дали може да използва някое от оръжията на Вергака, за да взриви само къщата с Кришла-Ка, вратата ѝ се открехна. Едно шест-седем годишно момиченце с къса синя рокличка и свободно веещи се коси се подаде плахо на прага. След миг се изтръгна от хватката на държащия го мъж, който явно се опитваше да го защити. После се затича право към тях с протегнати напред ръце. Още незасъхналите сълзи по изпълненото му с лунички личице странно контрастираха със щастливата усмивка, изгряла на устните му. Когато стигна до края на защитната магия на Тиана, то нерешително спря и впери нетърпелив поглед в непроходимата стена пред себе си.

- Махни панвура, не ни грози опасност. Не и от нея! - развълнувано прошепна Рие-Ка. Сякаш нещо бе впило острите си нокти в гърлото й и не й даваше да говори. След като Тиана колебливо се подчини, момиченцето се затича към Рие-Ка и увисна на врата й. По начина, по който се прегръщаха двете, по споделената без думи радост от срещата им, Ян веднага разбра, че са майка и дъщеря. Той с нарастващо удивление бе наблюдавал движението на червената точка върху локатора. Тя бе напуснала очертанията на къщата, бе прекосила разде- лящото ги разстояние и вече беше съвсем близо до тях.

- Не е била Кришла-Ка, а Икел-Ка! - смаяно възкликна той, сочейки изображението на контролната гривна на Вергака. - Значи ние се намираме в Леркума?

- Но... но силата й още не се е проявила, никой от нас не знаеше дали ще стане магьосница когато порасне. Сигурен ли си? - Рие-Ка преливаше от щастие от срещата с дъщеря си, но очите й все така напрегнато сновяха наоколо, търсещи някаква невидима опасност.

- Е, вече знаете! Магията е в кръвта й. И Вергакът някак си я усеща, програмиран е да търси и залавя такива като нас. И като нея. Въпрос само на време е силата й да се прояви. - Тиана беше убедена в правотата на думите си, а и фактите бяха красноречиви.

От околните къщи предпазливо започнаха да се подават хора. Те познаваха добре Рие-Ка и Икел, а Тиана и Ян виждаха за пръв път. Но не чужденците, а страховития силует на Вергака, кацнал на площада в центъра на селото им, беше основната причина за тревогата им. Рие-Ка се опитваше да ги окуражи, като потупваше успокоително страшилището по гърба.

- Не се страхувайте от него, той вече е съвсем опитомен.

В желанието си да разсее безпокойството на селяните, тя си послужи с малка, невинна лъжа:

- Ето, вижте зъбите му! - извика, като сочеше огърлицата с контролните гривни на врата на Тиана.

Все още видимо притеснени, селяните започнаха бавно да приближават. Любопитството им постепенно взимаше връх. Първо само една-две крачки, после - още две-три. Скоро селският площад бе изпълнен с глъчката на десетки хора, опитващи се да се докоснат до Вергака и да коленичат в краката на Рие-Ка. Тя се мъчеше да им обясни какво става, но думите й оставаха нечути. Накрая вдигна ръце високо във въздуха и плесна силно два пъти. После се възползва от настъпилата тишина и посочи двамата чужденци:

- Позволете ми да ви представя двама свои добри приятели. Те идват от много далече и не говорят добре езика ни. Това е великият войн Ян, победителя на Вергаките.

- Здравейте! - каза Ян и се поклони толкова ниско, колкото успя. Въобще не знаеше какво се очаква от него. Погледна въпросително Рие-Ка, която утвърдително му кимна и продължи:

- А това е могъщата магьосница Тиан-Ка. Тя много ми помогна срещу Кришла-Ка. - После просто прегърна обърканата Тиана и тълпата избухна в ликуване.

Поне за ден, поне за час можеха да забравят грижите си. Новината обиколи селото няколко пъти и не след дълго почти всички се бяха събрали на площада. Започнаха да носят храна, тук-там пламнаха огньове. Ян не беше присъствал на много подобни събирания, но започваше да осъзнава мащабите на готвещото се празненство. Той с мъка си проби път до Рие-Ка. Тя бе така плътно обкръжена от жителите на селото, че вероятно би било по-лесно да получи аудиенция от кралица.

Когато накрая достигна до нея, успя само да каже:

- Това е едно много хубаво тържество, но нямаме много време, така че предлагам да го посъкратим малко и да си тръгваме.

- Опасявам се, че няма да е никак любезно да се измъкнем от празненството, организирано в наша чест. Още повече на мен възлагат ролята както на почетен гост, така и на уважаван домакин и главен водещ. А също и на упълномощен преводач и преговарящ с вас. - На Рие-Ка явно й беше забавно да наблюдава объркването и досадата, които се криеха във всеки жест и всяка дума на Ян.

- Опасявам се, че си права - наложи се да се примири той.

Тримата безцеремонно бяха избутани към челото на една дълга маса, появила се изневиделица точно до могъщия корпус на Вергака. Селяните говореха основно с Рие-Ка. От време на време подхвърляха по някой и друг въпрос към Ян и Тиана като кокал на куче - повече да демонстрират загриженост, отколкото че наистина ги интересуваше отговорът. Рие-Ка използва от една пауза и им разказа малко за местните хора:

- Бащата на Икел беше от тук, от Леркума. След сватбата живяхме в селото няколко години. Когато се роди Икел, хората тук ни приеха като свои дъщери. По-късно, когато той загина, се върнахме в Лоркша, моето родно село. То беше много по-малко и се надявах да се скрием в него, за да осигуря поне някаква безопасност за Икел. Разбира се, не се получи, враговете ми ни откриха и там. Дано в крайна сметка тук да се окаже добро място за дъщеря ми. Поне хората я обичат и се грижат за нея... А аз утре ще трябва пак да я оставя...

Песните и танците продължиха през цялата нощ. Рано сутринта, с първите слънчеви лъчи, Рие-Ка си взе довиждане с Икел. После разбута не особено грижливо няколко заспали селяни от пътя на Вергака. След секунди се издигнаха, и поеха на път към загадъчната синя точка на локатора му. И тримата бяха уморени след бурната празнична нощ. Изминалият ден бе пълен с болка и умора, с изтощителни битки и измъкване на косъм от лапите на смъртта. Затова посрещаха новия с любопитство и надежда.

Дванадесета глава: Меканор

Скоро на хоризонта весело заблестяха слънчеви зайчета. Те игриво се гонеха из лазурните вълни на езерото Палкейн. Тъмната сянка на Вергака се плъзна върху руините на някакви непознати постройки. Останките от високи кръгли кули лежаха съборени като клечки върху шестоъгълната основа на гигантски храм. Почти запазени комплекси от сгради се отдалечаваха радиално във всички посоки като лъчите на голямо каменно слънце. Пред погледа се разкриваше белия скелет на изоставен град, живял и загинал преди хиляди години. Много поколения растения се бяха опитвали да удавят в зеленина сътворените от неизвестна ръка структури. И донякъде се бяха справили с отделни къщи, стълбища и декоративни статуи. Но огромните монолитни колони и масивните стени на централния храм бяха издържали изпитанията на времето. Те стояха като острови сред ширналата се джунгла и нямаха намерение да отстъпват. Сякаш волята на отдавна мъртвите им създатели все още ги крепеше.

Кацнаха в източния край на огромния храм. Синята точка от локатора на Вергака беше точно тук, но какво ли представляваше? В непосредствена близост не намериха нищо, нито врата, нито коридор. Точно тази част от древния град беше почти напълно запазена, само плахи зелени филизи се подаваха тук-там от тънките процепи между камъните. Поставиха кораба точно върху мястото, отбелязано от синята точка. Щяха да го използват като ориентир. После продължиха пеша в разширяваща се спирала. Търсеха нещо странно, каквото и да е. Някакъв артефакт, скрит вход, или може би машина.

След близо час безполезно ровене в камъните, отдалечили се вече на половин километър от центъра на търсенето, тримата бяха готови да се откажат. Ян

обмисляше дали да не опита да пробие вертикална шахта през каменния масив с някое от оръжията на кораба. И точно тогава Тиана забеляза нещо.

Два каменни обелиска, бележили някога началото на малък коридор, се бяха срутили върху него. Входът му едва се различаваше, почти напълно затрупан под каменните отломки. Доколкото можеха да проследят посоката му, водеше точно към Вергака. Двете магьоснички се заеха да разчистват тежките скали. Справяха се толкова бързо и ловко, че Ян едва смогваше да им каже в какъв ред да ги махат. Почувствал се напълно излишен, той реши да им помогне с някои от по-малките скални късове. Но миг след като хвана здраво третия камък, се озова във въздуха заедно с него. Понесен и изхвърлен настрани от магията, той се отказа и го пусна, като остави двете жени да работят без повече да им пречи.

Понякога магьосничките не успяваха да преценят кое е отчупен фрагмент от обелиск, и кое е част от самия коридор. И тогава, след поредния отстранен отломък, в гладките стени зейваше голяма дупка с неправилна форма. Сякаш гигантски зъб, изваден от още по-гигантска челюст.

След около петдесетина метра скалните парчета изведнъж свършиха. Наклоненият надолу коридор бе пълен единствено с тъмнина и неизвестност. Преместиха Вергака и го насочиха по дължината на прохода. Не намериха фарове, затова включиха някакъв излъчващ светлина уред на минимална мощност и широк фокус. Докато се спускаха навътре яркият му сноп биеше право в гърбовете им и хвърляше дълги сенки по полегатия под.

В дъното на тунела, където сгъстяващият се мрак неумолимо надделяваше над последните лъчи на умората светлина, смътно се виждаше нещо. Не можаха да разберат какво е, докато не го доближиха повече. И докато то не помръдна.

Съществото беше подобно на човек. Имаше две ръце, два крака и една глава, но тук приликите свършваха. Беше високо почти три метра, пепелявосиво на цвят, без никакви косми по тялото или главата си. Крайниците му бяха дълги и толкова тънки, сякаш нямаха кости. Острите уши и издадената напред муцуна караха главата му да прилича на кучешка. Двете му двойни, лишени от клепачи очи, ги гледаха втренчено, неспособни да примигнат. Те изучаващо се стрелкаха между тримата, като спираха за момент върху всеки от тях. Макар да не се почувства застрашен, Ян съжали, че не бе взел оръжието. Беше му се сторило напълно излишно в компанията на двете магьоснички. Сега обаче пръстите му нервно се свиха върху ръкохватката на гривната на Вергака.

Внезапно Рие-Ка се олюля. Загубила равновесие за момент, тя неуверено протегна ръце настрани, търсейки опората на стената. Но преди Ян или Тиана да успеят да я хванат, се изправи сама. Махна им с ръка да продължат.

- Стойте! - извика съществото на езика на Рие-Ка, умолително вдигайки ръце пред гърдите си. - Моля ви, не ме убивайте! - Изговаряше думите с някакво скърцане, дори магьосницата с труд го разбираше.

- Да те убиваме? Защо ни е да те убиваме? - погледна го в недоумение Рие-Ка.

- Имате всички основания да ни мразите. Не биваше да ви въвличаме в това, но просто нямахме избор.

- Не разбирам за какво говориш? - Объркването й растеше все повече и повече, тя въпросително погледна към Ян и Тиана. Те обаче не можеха да й помогнат, разбираха дори по-малко от нея.

- Неволно ви намесихме във война, започнала много преди началото на вашата цивилизация. Война, която об-хващаше хиляди светове. Първо беше ожесточена, после постепенно затихна. Но може би още се води някъде.

Бавно, търсейки точните думи, непознатият започна разказа си за отдавна отминали времена. Далечните събития, за които говореше, бяха толкова значими, че хвърляха гигантската си сянка през вековете. И продължаваха да оформят настоящето и да влияят на бъдещето. Ян и Тиана с мъка разбираха гиганта, и току подръпваха ръкавите на Рие-Ка, молейки я за помощ при превода на някоя дума или фраза.

Някога, много отдавна, имало една велика цивилизация. Наричали себе си Съзидателите и били толкова могъщи, че можели да създават слънца. Силите им били почти безгранични. Познанията им ги правели подобни на богове. Дълбокото разбиране на природните закони направляло действията им. Те бавно разширявали границите на своите владения, търсейки най-ценния за тях ресурс - знанието. И мъдростта, която била необходима за правилното му използване. И без която то можело да бъде дори по-опасно от невежеството. При своите пътувания между звездите срещали много различни цивилизации. Обикновено само ги наблюдавали и избягвали да се намесват. Встъпвали в контакт само с по-развитите раси, които вече имали установени морални принципи.

Но един ден неизбежното се случило. Сблъскали се с друга цивилизация, изключително агресивна и войнствена. Представителите й ползвали по-примитивни технологии, но били безпощадни. Много дълго време се били развивали необезпокоявани, напълно убедени в превъзходството си над всички други форми на разумен живот. Местели се от свят на свят, без значение населен или не. Плячкосвали всичко ценно и продължавали към следващия. Били превърнали войната в свой занаят и винаги постигали целите си. А те били прости, и все едни и същи - пълно и окончателно унищожение на врага и заграбване на ресурсите и технологиите му. Наричали себе си Покорителите и напълно оправдавали името си.

Скоро след първия контакт между двете цивилизации избухнали отделни сблъсъци, които бързо прераснали в опустошителна война. Преговорите били невъзможни, а отстъплението не слагало край на конфликта. Покорителите били склонни да жертват понякога цели флотилии от огромните си бойни кораби, за да унищожат дори един-единствен Съзидател. Контролирали огромни територии и разполагали с несметни ресурси. Били завладели много различни цивилизации и победата им била въпрос само на време. На много дълъг период от време.

- В началото битките бяха почти равностойни, нашето технологично превъзходство неутрализираше безкрайните им пълчища. Но те приижаха от всички краища на... - Последва поредната пауза в търсене на подходящата дума. Този път гигантът недоволно изсумтя:

- Твърде малко думи, не ми достигат понятия. - И най-безцеремонно се пресегна да си вземе, както бе направил преди малко с Рие-Ка.

- Веднага се махни от главата ми, изрод такъв! - разгневено изкрещя Тиана, усетила опита му за нахлуване в съзнанието й. И мигновено създаде панвур около тримата. Най-тъмния и непроницаем, който Рие-Ка някога бе виждала. Тя успокояващо прегърна Тиана през рамо:

- Не се бой, няма да ти навреди. Остави го да прочете съзнанието ти.

Постепенно панвурът избледня и се стопи, точно както гневът и страховете на създателката му. Рие-Ка с неодобрение посочи ямата на тавана, издълбана от защитната полусфера на Тиана:

- Добре, че не събори цялата сграда върху нас. Трябва още да поработиш върху контрола над магията.

Тиана примирено се усмихна, отпусна ръце и зачака.

Задните очи на гиганта се замъглиха, и след няколко секунди отново станаха ясни:

- Сега вече знам всичко, което знаеш и ти. Но това не е всичко, което знам - обърна се той към Тиана на родния й език.

- Ах, толкова много понятия. Толкова по-лесно е да говоря така. - Той изглеждаше като човек, удобно потънал в мекия си диван.

- От толкова отдавна не съм виждал друго живо същество, че напълно бях забравил за колко нелюбезно приемат някои култури четенето на мислите им. Моля да ми простите, нямах лоши намерения. Направих го само с цел да улесня разговора ни. А, забравих и да се представя - казвам се Меканор, вероятно последният оцелял Съзидател.

После продължи:

- Та, както казвах, Покорителите идваха от всички краища на галактиката, но успявахме да ги възпираме. Получиха превес едва след като откриха начин да блокират нашата Ка...

- Какво искаше да кажеш с това "Нашата Ка". Да не би вие да сте създали магията? - Разширените очи на Рие-Ка ясно показваха объркването й, примесено с необятен ужас. Сякаш някой току-що бе издърпал света изпод краката й и тя бе видяла безкрайната бездна зейнала отдолу.

- Това, което за вас е магия, всъщност е технология, използваща... вероятно бихте ги нарекли нанити? Това са нищожно малки роботи, с размер едва няколко хиляди атома, свързани по определен начин. Те се управляват от съзнанието ни и се подчиняват на командите ни. Имат просто устроена система за взимане на решения, и малък изпълнителен механизъм. Не бих ги нарекъл особено умни, но са много послушни и могат да летят. Общуват помежду си и работят в екип, като си разпределят работата по възложената им задача. За изграждането им се ползва един много тежък и рядък метал - осмий или паладий - тя не е много сигурна. - Меканор посочи Тиана, която виновно наведе глава и засрамено промълви:

- Никога не съм била добра по химия.

- Защо не прочетеш мен? Може би аз ще знам повече? - предложи Ян услугите си.

- Защото съзнанието ти е устроено малко по-различно, и не мога да се свържа с него. - Исполинът изглеждаше тъжен.

- Защото не владея магията ли? Така де, не мога да управлявам нанитите с ума си? - досети се Ян.

Меканор утвърдително кимна и продължи:

- Покорителите откриха, че ако вмъкнат дори само няколко атома от същия този рядък елемент в произволен материал, нанитите се объркват, защото усещат тези атоми и опитват да се свържат с тях, за да разпределят изпълнението на командата. Точно както правят и помежду си. Но в случая не получават отговор, защото новите атоми нямат необходимата логическа структура. И така обработеният материал става непроницаем за магията. Защото тя има нужда от отправна точка, а тук такава липсва. Враговете ни използваха този метод за да защитят корпусите на корабите си, а явно и други неща, например Вергаките. Разбрах за тях от твоите спомени - посочи той Тиана. - Ако се беше опитала използваш някаква магия докато си била затворена там - да създадеш панвур например, тя би се разпростряла само до стените на килията ти. Не би могла да премине през тях, нито да взаимодейства с тях, заради внедрените в материала атоми на тежкия метал.

Сега пък Рие-Ка не успя да проследи нишката на разговора, объркана от многото непознати за нея понятия. Ян се опита да й обясни накратко:

- Представи си огромно ято от Вергаки - хиляди и хиляди. Само че много мънички, толкова малки, че даже не можеш да ги видиш. Наричат се нанити и изпълняват всичко, за което си помислиш. Те всъщност са Ка.

После се обърна към Меканор, внезапно осъзнал нещо:

- А откъде тези нанити взимат енергията, необходима за работата им? За колко време им стига? Кога ще умре магията?

Меканор се опита да обясни:

- Какво всъщност е енергията? Тя се съдържа във всяко движение на вещество между две различни крайни състояния. В потока електрони между различни електрически потенциали. В преноса на въздух между зони с различни налягания, във водния поток между различни височини или температури. Докато има минимална разлика в някакви нива, температури или потенциали, нанитите ще извличат енергия от нея. Ще умрат едва когато победи ентропията и навсякъде всичко се изравни. Когато умре цялата вселена. Но дотогава има доста време.

Рие-Ка изглеждаше тъжна и нещастна. Приседнала встрани от тях, тя безцелно ровеше с някаква пръчка песъчливия под на подземното помещение. Не разбираше твърде много от обясненията на Меканор и се беше отказала да следи разговора. На Ян му дожаля за нея. До съвсем неотдавна тя бе единственият им източник на информация за всичко, свързано с магията. А сега се чувстваше забравена и ненужна, като счупена играчка, изоставена в безлюден дом. Той се опита да й обясни наученото.

Застинала неподвижно, Рие-Ка жадно ловеше всяка негова дума. Широко отворените й очи го гледаха без да мигат. Ако не бешс дълбокото й дишане човек можеше да я сбърка с фино изработена статуя. Тя се опитваше да осъзнае това, което той й казваше през бариерата на непознатите за нея понятия. В езика й нямаше думи за това, за което в представите й за света липсваха концепции. Но разбра смисъла на думите му, разбра начина, по който работеше магията. И щеше да продължи да работи много след като и последната магьосница умреше.

- Аз... Никога не съм си представяла магията като нещо, направено от човек. Дори не от човек, а от Съзидател. Никога не съм си представяла и че има и други умни същества, различни от хората. Или че има нещо по-голямо от света, в който живея. Нито че самият той също е бил създаден... Винаги съм приемала всичко това за даденост, като въздуха който дишам и водата, която пия. И сега... ми е трудно да обхвана този нов, по-голям свят, чувствам се като прашинка, от която нищо не зависи, и която никой не забелязва. Чувствам се все едно съм попаднала в огромен водовъртеж, създаден от сили, които не разбирам. Който ме засмуква нанякъде, заедно с всички, за които съм поела отговорност да се грижа. И не знам... какво да правя? И дали въобще мога да направя нещо, за да ги защитя?

Ян кимна. Тя наистина беше уловила същността на обясненията му, беше разбрала повече, отколкото се бе надявал. После погледна нагоре към надвисналия над тях Меканор, който се чувстваше като домакин. И се зачуди къде ли се намираше домът му, колко ли беше далече от тук? И как ли изглеждаше? Тогава осъзна нещо странно:

- Но как така нямаш нужда от скафандър? Нима е възможно условията тук да са толкова подобни на тези на родната ти планета? - Ян нетърпеливо очакваше отговор. Меканор обаче продължи с бавната си реч:

- Както вече ви казах, ние сме много древна цивилизация. Преди няколко десетки милиона години се оказахме на кръстопът. Трябваше да вземем решение, което щеше да се окаже ключово за бъдещето ни. Дотогава се развивахме като приспособявахме околната среда към нашите нужди. Но с течение на времето този подход използваше все повече ресурси и нанасяше все по-големи поражения върху естествения баланс на цялата ни планета. И накрая ресурсите свършиха, а балансът беше безвъзвратно нарушен. Трябваше спешно да решаваме дали да продължим по досегашния си път и да използваме последните останали ни ресурси в опит да колонизираме близките планети. Или да загърбим натрупания опит и да поемем по нов път. Да започнем да се приспособяваме ние към околната среда. В началото нямаше да е лесно, но втория подход даваше по-добри изгледи в дългосрочен план. Ако се получеше, щяхме да можем да живеем и да се развиваме във все по-враждебна среда. И не само на нашия, но и на чужди светове.

- Мисля, че разбрахме какъв път сте избрали - прекъсна го Тиана. - Но, кажете ми, как ви се удаде, как успяхте да се промените толкова?

- Все забравям, че сте още много млада цивилизация. Колкото сте по-непросветени, толкова сте по-нетърпеливи. Телата ни винаги са имали много голям потенциал за приспособяване. Още преди да започнем да създаваме технологиите си бяхме най-бързо развиващият се вид на нашата планета. Но после забравихме за тази си способност. Стотици хиляди години покорявахме природата, вместо да се учим да живеем в симбиоза с нея. Така прогресът беше много по-лесен и по-бърз. Но и по-пагубен. Та, както се досетихте, поехме по пътя на промяна на собствените си тела, така че да могат да се приспособяват все по-бързо към все по-екстремални условия. И започнахме да измерваме прогреса си не с енергийния потенциал, който расата ни можеше да използва, а със степента на приспособяемост на отделния индивид. Използвахме натрупаните знания и технологии, за да променим себе си. И продължихме да живеем на собствената си планета. А с течение на времето станахме толкова добри в контрола над телата си, че вече можехме да живеем и на други светове. Но не ги завладявахме, уважавахме живота и уникалността на всеки от тях. От всичките си технологии запазихме и продължихме да развиваме единствено нанитите. Използвахме ги за много неща, но основно - за да пътуваме между звездите.

- Ама тогава значи и ти владееш магията? Нали твоите хора са я създали? Защо тогава допусна да те затворят тук за хиляди години? Защо просто не си тръгна? Можел си да го направиш когато пожелаеш? - Тиана гледаше Меканор с нескрито подозрение.

- След като ме заловиха, Покорителите дълго ме измъчваха и разпитваха. Искаха от мен различни подробности за начина, по който работят нанитите. Те явно не знаеха, че отдавна бяхме овладели болката и мъченията им нямаха никакъв ефект върху мен. Когато обаче заплашиха да унищожат всички хора на планетата, трябваше да се предам. Но за тяхно съжаление, аз бях по-скоро... дипломат, и нямах никаква представа от нещата, за които ме питаха. Когато накрая се отказаха, една ваша посестрима прогори малка дупка в мозъка ми. Унищожи центъра ми за общуване с нанитите. Все още можех да ги усещам. И все още мога да прочета съзнанията ви, както видяхте. Но вече не можех да ги командвам, нито да говоря направо в умовете ви, както можех преди. Не помня от колко хиляди години не ми се е налагало да говоря с езика си, той почти е закърнял. От този ден нямам връзка и със събратята си, и не знам нищо за тях.

- Как е могла!? Тази магьосница, която е повредила мозъка ти... Ако само ми падне! - Гневно вдигнатите юмруци на Тиана красноречиво показваха какво би направила с нея.

- Не й се сърдя, и вие недейте. Тя нямаше избор. Покорителите заплашиха да убият дъщеря й, ако не им се подчини. - Меканор наведе глава, завладян от хилядите спомени за това, което беше загубил. За загиналите си приятели, за вероятно унищожения си свят. За хилядите години, прекарани в каменния си затвор в летаргично състояние близко до смърт. Зарея безцелно поглед, търсейки нещо, с което да ангажира съзнанието си. Искаше да се откъсне от горчивите си мисли. Изведнъж потръпна:

- Но какво е това? Никога не съм виждал нещо подобно! - Задният му чифт очи отново изгуби блясъка си за миг. - Риглод? И даже сте успели да го задействате!

Тънката ръка на Меканор се протегна към изящното украшение, сияещо на врата на Рие-Ка. Тя моментално отскочи назад и издигна ръце в познатия защитен жест. Дланите й се озариха от синьо-лилаво сияние, готово да отрази всяко нападение. Гигантът смутено отстъпи, прибирайки ръце към гърдите си.

- Нямаше да ти го взема, радвам се че е у вас. Свързах съзнанието си с неговото и той ми разказа всичко за себе си. Но мисля, че има някои неща, които трябва да знаете. Риглодите не са били предназначени за вас, а за хората от моя народ. Но все пак е добре, че сте намерили един. Налага се обаче много да го пазите, не бива да допускате никоя от магьосничките под контрола на Покорителите да го вземе. Работещият риглод се свързва с носителя си и му дава почти пълен контрол над магията. С него можете да казвате на нанитите какво им е позволено и какво им е забранено да правят. Освен това той много облекчава общуването с нанитите. Действа като диригент и съгласува работата им, като освобождава съзнанието на магьосницата от нуждата тя да го прави. И така тя почти не се уморява докато използва Ка. Нашите... да ги наречем инженери, са създали няколко такива в последен отчаян опит да спрат Покорителите. Вашият вид не беше единственият, който се оказа способен да контролира нанитито ни. Имаше и други същества, съвсем различни от хората. На няколко планети оставихме известни количества нанити и научихме тамошните цивилизации да ги ползват. Враговете ни обаче решиха да обърнат собственото ни оръжие срещу нас. Намериха начини да въздействат на тези магьосници. Да ги контролират, а чрез тях - да контролират и нанитите. Някъде използваха заплахи, някъде - подаръци. А по-късно овладяха и умственият контрол над тях. Особено опасно за нас стана когато започнаха да използват мелкар, за да прехвърлят многокилометровите си кораби из цялата галактика. Така за много кратко време успяваха да съберат на едно място десетки от тях и да ни победят. Използваха планети, подобни на тази, с течни океани. С достатъчно големи отразяващи повърхности, за да прехвърлят цял кораб. За да сложат край на това, моите събратя са създали риглодите и са ги използвали, за да забранят на нанитите да прехвърлят изкуствено създадена материя. А активирането им от някоя от вас било оставено само като резервен план. И ако се стигнело до там, риглодът трябвало да изпита чистотата на духа на магьосницата, да се увери, че тя уважава и цени живота. Но той изисквал и много енергия... особено ако не е бил ползван от стотици, може би хиляди години. Това, което сте направили е било правилно, но много опасно. Подготовката на магьосницата би трябвало да отнеме седмици, през които тя да натрупа нужната енергия. А Рие-Ка е била изтощена от скорошната битка. И без помощта на Тиан-Ка със сигурност е щяла да загине, след като риглода изцеди цялата й жизнена сила. Не знам как е попаднал тук този екземпляр, може би е бил откраднат от друг свят. Вероятно някои от предците на Рие-Ка са успели да го задействат, или пък този, който го е донесъл, е разказал и историята за него. Така или иначе, ясно е, че още при първия си мелкар магьосницата, която го е носила без да го задейства, го е загубила заедно с дрехите си в Мелерк Ка.

- Чакай сега. Казваш, че сте били на нашата планета? Че и там е имало магия? - Ян се опита да пренасочи разговора в значително по-важна за хората си посока.

- Египтяните бяха един от първите народи на вашата планета, с които влязохме в контакт. Те ни смятаха за богове, пък и ние наистина бяхме като богове за тях, така че ги оставихме да си мислят така. Ценяха много информацията, също като нас. Дори изграждаха гробниците на починалите си фараони във формата на "делрифос" - нашите машини за обмен на познание. Видяли сте една такава тук - кимна той към Рие-Ка. - Смятахме вашата цивилизация за достойна, за достигнала необходимите етични норми за контакт. Основната беше уважението към живота. Макар че у вас все още имаше жестокост, извършвахте жертвоприно-шения, водехте войни и взимахте пленници за роби. Вероятно избързахме с някое и друго хилядолетие, но много ни трябваха съюзници, вече губехме войната с Покорителите. А далеч не всяка раса можеше да управлява нанитите. При вас например се оказа, че само жени, и то едва една от десетки хиляди, успяват. С малък екип от мои сънародници дойдохме във вашия свят и построихме цял град за подбор и обучение на магьоснички. Там добивахме и необходимите материали и създавахме нанити. По-късно, когато всичко беше готово, другите си заминаха, и останах само аз. Когато накрая враговете ни ме откриха, не се поколебаха да използват мелкар за да прехвърлят целия град тук, само за да ме заловят жив. Той беше на брега на океана и те се възползваха от отражението му във водата.

- Атлантида не е потънала, била е прехвърлена тук?! С мелкар?! Значи земетресенията, цунамитата и всички останали катаклизми не са били причина за изчезването й. А следствие от колосалното количество енергия, използвано от нанитите? - развълнуван извика Ян. Тиана и Рие-Ка му махнаха с ръце да мълчи.

- Но как са успели да прехвърлят нещо толкова голямо? - не се сдържа и Тиана.

- С обединените сили на хиляди от вашия вид, поставени под контрола на Покорителите. Така заловиха не само мен, но и целия град, с всички магьоснички и нанити в него. Не знам точно как, но са успели да създадат тук необходимите ви условия за живот. За последвалите събития на вашия свят научих от спомените на Тиан-Ка. Тя знае доста неща за историята ви, но не съм сигурен че тълкувате правилно някои от тях. Първоначално е имало доста повече магьоснички, но по-късно броят им силно намалял. Мнозина загинали, а някои били заловени и прехвърлени тук. Историите за девойки, принасяни в жертва на дракони, не са били просто приказки. Разказвачите им обаче пропускали да споменат, че били избирани момичета, които владеели магията. А с драконите вие вече сте се срещали отблизо - това са Вергаките.

Меканор огледа притихналите хора. Никой не го прекъсваше, така че продължи:

- Покорителите продължили да посещават планетата ви - вероятно както с мелкар, така и с корабите си. През вашето средновековие те измислили така нареченото "изпитание на вещицата". Инквизиторите ви връзвали ръцете на заподозряната в използване на магия жена и я хвърляли във водата. Ако се удавела, била признавана за невинна. Ако изплувала, значи имала магьоснически сили, и била убивана чрез удавяне. Такава поне била официалната версия. Но истината е, че по този начин Покорителите издирвали нови магьоснички за своите цели. Десетки хиляди обикновени жени били жестоко убити, но някои, които владеели магия, успели да се спасят, като се прехвърлили с мелкар тук. От тези времена е останало и поверието ви, че счупеното огледало носи нещастие. Всъщност това просто лишавало магьосничките от възможността да пътуват през него.

Гигантът не забелязваше нетърпеливо потрепващата във въздуха ръка на Тиана.

- След като изловили повечето жени, владеещи магията, във вашия свят почти не останали такива. И нямало кой да ражда нови магьоснички. Някъде по това време Покорителите спрели да посещават света ви. А нанитите, останали без надзор, без хора, чиято воля да изпълняват, постепенно се разпръснали във всички посоки. В много редки случаи, когато голяма група от тях случайно се окажела близо до младо момиче с магия в кръвта, се случвали странни, необясними дори за учените ви събития. Летящи столове и маси, различни обекти, които се появяват от нищото или изчезват, необичайни звуци. Вие сте ги нарекли "паранормални явления". Но сега вече разбирате, че полтъргайста е просто движение на предмети с помощта на Ка. Кълбовидната мълния пък не е нищо друго, освен носещ се във въздуха панвур. Всичко това е било проява на неволно, неумело и неконтролирано използване на магия. Както Тиан-Ка е направила, когато е откъснала онзи храст.

- Винаги съм се чудел защо в езика ни има дума за магия, след като в света ни такава не съществува. Сега разбирам, че магия всъщност е имало, затова се е появило и такова понятие. Просто е било много отдавна, а сега вече думата е мъртва и забравена. - Ян чак се задъха, внезапно осъзнал, че магията е реална, жива и осезаема. И дълги векове е била такава. Да, всъщност е представлявала древна извънземна технология, но какво променяше това?

- Добре де, но щом нищо неживо не може да премине при мелкар, как се прехвърлят самите нанити, които изграждат панвура? - не издържа скептично настроената Тиана. Тя все още гледаше на разказа на Меканор по-скоро като на детска приказка.

- Преди да ме затворят тук, нанитите се прехвърляха заедно с пътуващите. Самият мелкар е изключително опасен за живите същества, защото отделената енергия пречи на работата на електрическите системи в телата им. Всички мускули, белите дробове, сърцето, мозъкът, всичко спира да работи. Защитната магия е необходима, за да блокира това вредно въздействие. В разгара на войната с Покорителите моят народ е създал риглодите, за да попречи на прехвърлянето на каквато и да е изкуствено създадена материя. Тогава и нанитите вече не можели да преминават, защото забраната засягала и тях. Станало жизнено важно мисълта на магьосницата през цялото време да е концентрирана върху поддържането на панвура. Така нанитите от другата страна на тунела успявали да формират нов панвур веднага след пристигането, още преди пагубната енергията от мелкара да е убила преминаващите. Разбира се, това няма как да се случи, ако прехвърлянето става към място, където няма нанити. Сил Ка-Яр, както го наричате вие. Когато си се прехвърлила в света на Ян, си имала голям късмет, че той се е оказал наблизо и е успял отново да задейства спрялото ти сърце. Дължиш му живота си - обърна се Меканор към Рие-Ка.

- Да, знам. Дължа му няколко свои живота! - едва чуто промълви тя.

- Но всичко това може да се окаже напразно. Всички вас ви грози голяма опасност. Мястото от което е избягала Тиан-Ка, всъщност представлява боен кораб на Покорителите. Да, тъкмо тях си видяла там - хвърли той бърз поглед към Тиана. Не знам нито как, нито кога е дошъл, но е сигурно че е повреден, и те използват магия за да го поправят. С помощта на управлявани от разстояние Вергаки са събрали и поставили под свой контрол много магьоснички. Те пък са започнали да привличат натам големи групи нанити, които да зареждат Вергаките и да захранват кораба. И ако съдя по видяното от Тиан-Ка, вече са възстановили повечето от системите му. В никакъв случай не бива да им позволявате да завършат ремонта.

- Ами, защо? Да си го взимат, и да изчезват от тук! Прав им път! - омразата на Тиана се забиваше във всяка дума като пирон.

- Де да беше толкова просто. За съжаление реакторът на кораба им се нуждае от колосални количества енергия. Когато накрая го поправят, той ще погълне всички нанити. Затова ги събират там - за да ги използват, след като приключат с ремонта. Но това още не е най-лошото. Изкуственото слънце, благодарение на което сте живи, се захранва от подобен източник. И макар че в него едва ли е останало много енергия, бъдете сигурни, че Покорителите ще си я вземат цялата. Веднъж щом ремонтират кораба си, магьосничките повече няма да им трябват. Никой и нищо тук няма да им трябва. А малкото останали от вашия вид няма да успеят да евакуират цялото население преди слънцето да угасне. Да не говорим, че и нанити почти няма да са останали. Покорителите ще са ги използвали, за да заредят реактора си с тях... Не, както вече казах, единственият ви шанс за оцеляване е да не допуснете ремонтът на кораба да бъде завършен. И, съжалявам, че трябва да ви го кажа, но за целта ще се нуждаете от помощта на последната останала магьосница. Без нея със сигурност ще се провалите. Ще се изправите срещу обединената сила на десетки, може би стотици от вашия вид. И всичките ще бъдат под контрола на Покорителите.

Меканор погледна към тримата си слушатели, които трудно сдържаха напрежението си. Не виждаше подходящ начин да повдигне един много важен за него въпрос, затова премина към него направо:

- Затворен съм тук от хиляди години и съм малко гладен. Чудех се дали би било твърде невъзпитано от моя страна, ако ви помоля за малка закуска?

След като беше уплашил Тиана с нетактичното си ровене в съзнанието ѝ, сега исполинът бе изпаднал в другата крайност. Видимо още се опитваше да настрои поведението си към техните морални и етични норми.

- Разбира се, не е никакъв проблем. Само дето ние носим съвсем малко храна и не знаем дали е подходяща за тоб? извини се Тиана, че не може да му предложи кой знае какъв избор.

- Нямах пред вид храната ви. Бих предпочел чиста енергия, много по-лесно се усвоява. Един или два изстрела от вашия Вергак напълно биха ми свършили работа.

Тримата се погледнаха смаяни. Ян, запъвайки се, реши да уточни:

- Искаш от нас да стреляме по теб? И то не веднъж, а два пъти? Сигурен ли си?

Меканор само кимна, излезе навън и застана на двадесетина метра пред Вергака. После застина в очакване.

Все още колебаещ се, Ян нагласи енергията на минимум. В почуда потърка вежди и погледна въпросително към двете магьоснички. След като не получи отговор от тях, стреля. В мига, в който плазменото кълбо трябваше да изпари Меканор, то просто изчезна. Той погледна към Ян, и направи приканващ жест с пръсти, че би желал още. Не беше ял нищо от няколко хиляди години. Беше изключително гладен.

Тринадесета глава: Ка-Яр

След като нахраниха Меканор с няколко изстрела на пълна мощност, Рие-Ка, Тиана и Ян се сбогуваха с него.

- Не вярвам да съм ви много полезен така, без да владея Ка. Но ако в някакъв момент ви потрябва нещо от знанията ми - ще бъда тук. Няма къде да отида, а и не бих желал да плаша хората ви. А в случай, че се стигне до евакуация, ще ви бъда благодарен, ако се сетите да вземете и мен. Където и да решите да отидете, аз ще се чувствам като у дома си. Но мога да оцелея доста години дори в междузвездното пространство, така че не ме мислете толкова.

- Няма да те забравим. Обещавам да се върнем за теб. Може би дори ще успел да те заведа в Леркума, когато всичко свърши и хората се успокоят. Но заради вида ти наистина ще е им трудно да те приемат. - Рие-Ка искаше да направи още нещо за него, но не знаеше какво. Постепенно бе започнала да гледа на странния великан като на свой приятел, въпреки плашещата му външност. Като магьосница отдавна бе свикнала да вижда самата същност на нещата, отвъд начина, по който те изглеждаха.

Мисълта за нов сблъсък с Кришла-Ка определено не допадаше на Ян. Никак не му се нравеше перспективата отново да загуби контрол над действията си. Но все пак ясно осъзнаваше, че основната тежест от срещата щеше да падне върху Рие-Ка:

- И как точно ще я накараш да ни помогне?

- О, мисля че двете с Тиан-Ка, в компанията на един Вергак, можем да бъдем доста убедителни. Гарантирам ти, че поне ще ни изслуша.

Полетяха покрай бреговата ивица на езерото Палкейн. Не знаеха къде точно да търсят Кришла-Ка, но предполагаха, че е някъде в северната част. Иначе Вергаките отдавна щяха да са я намерили и отвлекли, много преди да подгонят не толкова могъщата Рие-Ка. След половин час безрезултатно търсене на запад, обърнаха на изток. Когато накрая видяха червената точка на локатора, се оказа че селото на магьосницата се намира недалеч от останките на Атлантида - мястото където бяха открили Меканор.

По изрично настояване на Рие-Ка кацнаха на около километър от края на селото на Кришла-Ка. Двете магьоснички бавно тръгнаха по пътя, следвани от Ян, яхнал летящия Вергак. Той държеше да демонстрира, че чудовището е под техен контрол.

Когато се изравниха с първите къщи, Рие-Ка обгърна раменете си с ръце. Жестът ѝ наподобяваше позата на египетска мумия, отправила се към боговете. По този начин магьосницата искаше да покаже, че идва с мир, и че не смята да използва магия. В света на Ян и Тиана жестът, изразяващ подчинение и готовност за преговори, бе две вдигнати във въздуха ръце. Празни ръце, които не носят оръжие. Но в света на Рие-Ка същото това движение би показало единствено готовност за атака. След миг на недоумение Тиана повтори жеста.

Първоначално изненадани от появата им, местните хора бързо се окопитиха и се натрупаха около тях. Препасвайки припряно оръжия на пътя им се изпречиха и десетина войника. Ян не дочака да види дали те ще уважат мирните намерения на двете магьоснички. Започна да кръжи отгоре, като застрашително поклащаше крила.

Когато най-накрая се появи, Кришла-Ка изглеждаше внушително в пурпурните си одежди. С един поглед прецени положението и махна с ръка към двете жени. Обръчът около тях се затегна, войниците си запробиваха път през тълпата, готвейки се за атака. Те явно пренебрегваха обикалящия над главите им Вергак.

Ян притеснено се зачуди как да ги спре, без да нарани някой от тях. Нямаше начин, разстоянието беше много малко, и пръстенът от хора продължаваше да се свива. Сякаш доловила нерешителността му, Рие-Ка кратко извика отдолу:

- Не се намесвай!

В следващия момент първият от войниците разкъса обкръжението от хора и замахна с меча си към Тиана. Тогава се случи нещо странно. Почти едновременно се формираха два панвура. Първия - малък, около двете магьоснички. Вторият - голям, около Кришла-Ка. Бавно, но неотклонно, малкият панвур започна да се разширява, като избутваше жителите и войниците, но без да им причинява вреда. Едновременно с това големият панвур започна да се свива. Кришла-Ка опитваше какво ли не за да спре, или поне да забави движението му. Първо изстреля няколко мълнии по него. Когато това не помогна, започна да го замерва с всичко, което й попадне. Камъни, дървота и оръжия полетяха от вътре към стесняващата се полусфера, изтъкана от магия. Но магьосницата не успяваше да достигне до нищо извън пределите на смаляващият се балон. Накрая, когато той почти достигна до нея, Кришла-Ка издигна на пътя му свой собствен малък, но много плътен панвур. Двата се допряха, и за момент изглеждаше, че тя ще успее. Но след това полусферите се обединиха в ослепително синьо сияние и продължиха да се свиват, вече като една. В последния момент преди панвура да я смачка, Кришла-Ка обгърна раменете си с ръце и падна на колене. Ярко сияещият пашкул, който вече бе започнал да придобива формата на плеената магьосница, застина във въздуха, след това беззвучно се разпадна и изчезна. Мирните преговори можеха да започнат.

- Идваме с мир, о велика магьоснице Кришла-Ка. Смирено молим за помощта ти. - Гласът на Рие-Ка звучеше уверено, леко вибрирайки от скритата и добре овладяна сила.

- В такъв случай можете да си вървите, защото няма да я получите. - По каменното лице на вече изправилата се на крака Кришла-Ка не можеше да се прочете абсолютно никаква емоция.

- Нуждаем се от помощта ти в битката ни срещу един общ противник. Той е враг на всичко живо, и враг на магията. Досега си останала извън полезрението му, защото си далече от него, но знай, че присъствието му е заплаха и за теб и за хората ти. - Рие-Ка не се предаваше. Не бяха изминали толкова път, за да се откаже така лесно.

- Вашите проблеми не ме интересуват. Съгласих се да говорим, но в момента ми губите времето. Няма какво повече да си кажем. - Кришла-Ка се обърна и си тръгна, слагайки край на разговора.

- Вас ви отглеждат! Едни лоши... хора! - Тиана се запъна, чудейки се как да обясни на Кришла-Ка за дървовидните чужденци. Отказа се и продължи изпълнената си с горчивина тирада:

- Отглеждат ви, както вие отглеждате добитък! Използват ви, защото владеете магията. Там има десетки отвлечени магьоснички, сама ги видях. И те постепенно крадат магията и я трупат за себе си...

Кришла-Ка спря и без да се обръща процеди хладно през рамо:

- Защо трябва да ти вярвам?

После се завъртя леко назад, колкото да успее да погледне Тиана. Бавно и презрително я премери от глава до пети. В погледа й се долавяше само зрънце надменност и нищо друго. Дали беше добре отрепетирана поза, или наистина смяташе останалите хора за мравки?

- Ами може би не е и нужно. Повярвай на себе си! - Рие-Ка не хареса посоката на развитие на разговора, и се опита да го върне в предишното му русло. Да убеди Кришла-Ка че имат нужда от помощта й, но че и тя самата има нужда от тяхната помощ. Че трябва да се обединят пред лицето на общия враг, иначе всички ще загинат.

- Магията отслабва от години. Аз го усещам, значи и ти го усещаш. Би ли искала един ден да се събудиш, само за да разбереш, че магията я няма. Че си се превърнала в една обикновена стара жена, която трябва да разчита на помощта на другите. Създала ли си си приятели, които един ден да се грижат за теб? В мига, в който магията изчезне дали ще се намери някой, който да ти помогне? От уважение и състрадание, а не от страх? - Думите на Рие-Ка видимо жегнаха Кришла-Ка по болното й място. Ефектът беше видим и незабавен.

- Добре, ще ви помогна. Но само докато смятам, че е полезно за мен. А ако това е някакъв номер, ако се опитате да ме измамите, ще те убия на място. После ще убия приятеля ти. И накрая - цялото ти село. А тази - тя посочи Тиана - ще остави жива, за да ми служи докато издъхне.

В думите на Кришла-Ка нямаше омраза. От тях не лъхаше хлад. Те не съдържаха заплаха. Бяха изказване на абсолютно безразличен наблюдател, все едно им съобщаваше че утре слънцето ще изгрее.

Тиана не разбра всички думи, но безпогрешно улови смисъла им. Неспособна да произнесе каквото и да било, тя само кимна.

Кришла-Ка посочи към едно езерце на няколкостотин метра от тях. Намираше се в подножието на стръмна скала, от която се спускаше малък водопад. Във водните пръски, вдигнати от белите разпенени вълни, блестеше дъга. Малко по-встрани повърхността на езерото ставаше напълно гладка, отразявайки надвисналата канара, падащата вода и многоцветната дъга. Защитено от вятъра, с постоянно течаща чиста вода, мястото сякаш бе създадено за мелкар.

- Отворете проход насам, когато ви потрябвам. Тук винаги има стража, която ще ме извести. И не си и помисляйте да използвате езерото за нападение. Всеки, който излезе от тук, ще бъде убит на мига. - С тези думи тя изчезна в близката къща.

Хората започнаха да се разотиват. Скоро тримата останаха съвсем сами в центъра на селото. Ян едва успя да намери достатъчно голямо празно пространство, където да приземи Вергака.

- Какво направихте там преди малко? Как принудихте Кришла-Ка да ви изслуша? - Той с недоумение сочеше зад гърба си мястото на доскорошната битка.

- За първи път се сражавам рамо до рамо с друга магьосница! И доколкото знам, това се е случвало доста рядко, защото изисква огромно доверие между двете. Аз създадох малкия защитен балон около нас, който да ни предпази от войниците. Направих го непроницаем за всичко друго, освен за мисълта на Тиан-Ка. Така тя успя да създаде панвур около Кришла-Ка. За първи път виждам някой да използва защитна магия за нападение! Явно има още много, което да учим от вас. - С почтително наведена глава Рие-Ка засвидетелства уважението си към Тиана, която полюбопитства, смутено усмихваща се:

- Това, че успях да я победя в този "панвурен дуел" значи ли, че съм по-силна от нея?

- Може би, макар да не е задължително. Означава само, че владееш защитната магия по-добре от нея. Но пък тя не я и ползва много често, така че... - Рие-Ка така и не довърши мисълта си.

Работата им тук беше приключена. Бяха си осигурили помощта на последната останала магьосница. Или поне бяха получили обещание. Нямаха представа дали и доколко могат да вярват на Кришла-Ка.

Скоро щяха да разберат. Издигнаха се и поеха обратно на юг, прекосявайки целия мъничък свят. Отиваха към гигантския боен кораб на Покорителите, мястото, което хората на Рие-Ка наричаха Сил Ка-Яр. Езера и реки се нижеха пред поглед им. Летяха ниско и селяните от едно село ги изгледаха в почуда, преди панически да хукнат да се крият. После плодородната почва започна да отстъпва пред песъчливата и камениста земя. Горите и тучните ливади останаха назад. Равният досега терен се издигна нагоре, формирайки могъщата планина Гурибади. Тиана се мъчеше да си спомни пътя на своето бягство. Макар че магията й ги закриляше от външния студ, виждаха как отдолу дърветата се огъваха под напора на ураганния вятър. Бяха попаднали в царството на вечно лошото време.

Макар и много дълга, Гурибади беше относително тясна и бързо я прекосиха. Пред уморения им взор се ширна жълтото, разсичано от високи дюни море на огромна пустиня. Без никога да е бил тук, Ян позна мястото веднага. Една самотна планина стърчеше като гигантски зъб в пясъчната равнина. Поради изместения в страни ракурс чистотата на линиите й не се забелязваше толкова лесно. Но правилните форми на склоновете, както и симетричните хълмове и долини, разкриваха невероятната истина. Пред тях се намираше изкуствено съоръжение. Това беше невъобразимо голям космически кораб.

Над леко наклонения, потънал поне на четвърт в сухата земя брониран корпус, кръжаха десетина Вергака. Едва различими, подобни на понесени от невидим вятър прашинки, те безцелно скитаха над сътворената от нечий чужд разум грамада.

Ян рязко намали скоростта, после увисна неподвижно във въздуха. Едва изчака Рие-Ка да слезе, после бързо избута и Тиана от гърба на Вергака. Оставил на земята безценния си товар, накрая скочи и той върху мекия пясък. Два чифта очи го гледаха нетърпеливо и чакаха обяснение.

- Това е Сил Ка-Яр! - абсолютно убедено заяви той, сочейки кораба с ръка.

- Знаем, нали натам сме тръгнали? - с недоумение го блъсна Тиана и припряно се пресегна за контролната гривна на ръката му.

- Пазен е от цяло ято Вергаки. А щом ние ги виждаме, значи ни виждат и те. - Ян й се изплъзна и бързо издигна техния Вергак във въздуха. Тримата го проследиха с погледи, докато ускоряваше към гигантския кораб. И едва тогава забелязаха два отделили се от ятото ловци на магьоснички, които вече почти бяха преполовили разстоянието до тях.

- Скрийте се някъде, ако можете! Аз ще се опитам да ги спра. - Ян се стареше да гледа едновременно управлявания от него кораб и проектираното от гривната изображение, в което се наслагваха картата на района и образа от гледната точка на Вергака. Опита да атакува първия нападател с основното си оръжие. Но този, който го управляваше, не по-зле познаваше невероятната маневреност на летящата машина. След остър завой нагоре, последван от стръмно гмуркане надолу, вражеският кораб се озова зад опашката му и стреля. Ян панически превъртя Вергака си през крило и разстреля от упор оказалия се право пред носа му втори прехващач. Той избухна в яркочервени пламъци, пръскайки парчета нажежен до бяло метал във всички посоки. Една от отломките се заби в предния край на корпуса, друга отнесе част от крилото на контролирания от Ян кораб. Осакатеният Вергак заби носа си стръмно надолу, като реагираше изключително вяло на командите му. Беше станал почти неуправляем. Първият противник с ловка маневра избегна експлозията. Докато безпомощно проследяваше падащия си Вергак, Ян успя единствено да включи двигателите му на пълна мощност. Бликналата от тях ярка зелена струя в миг изпари лявото крило на преминаващият над него враг. Двете машини започнаха да се премятат във въздуха, обгърнати в пламъци, осколки и дим. После почти едновременно рухнаха на земята. Ян захвърли безполезната вече гривна и уморено се свлече върху ситния пясък, бършейки потта от челото си. Цялата битка бе продължила не повече от половин минута, а той се чувстваше смазан. Всяко мускулче в тялото му го болеше, сякаш след тежък боксов мач.

- Можехте да помогнете малко! - изсумтя недоволно.
- Но как? - Двете магьоснички го гледаха с изумление. Рие-Ка огорчено обясни:

- Наоколо няма нито камъни, нито дървета. Само пясък. А нали помниш, че не можем да боравим с много обекти едновременно?

Ян помнеше. Просто беше бесен, че бе загубил единственото си оръжие. Останал без Вергак, който да управлява, той отново бе станал обикновен, безполезен човек.

- Как е възможно? - Тиана с недоумение гледаше наниза от контролните гривни на врата си. - Бях сигурна, че съм ги обезвредила всичките?

- Подозирам че мястото, откъдето си избягала, не е бил единствения хангар. И че това не са всичките гривни. - Ян все още се опитваше да нормализира дишането си, приседнал върху сухия пясък. После продължи с по-равен глас:

- Трябва ни план.

- О, мислех, че имаш план! - саркастично се усмихна Тиана.

Разбира се, че имах план. Прост и безотказен план. Тримата влизаме в кораба на Покорителите през хангара, намираме огледало и призоваваме Кришла-Ка. После използваме светкавиците й, за да унищожим реактора. Какво можеше да се обърка? Само дето твоите приятели там явно са разбрали че те няма. И за да покажат че им липсваш, са ти организирали посрещане, достойно за кралица. Така че сега няма как да влезем! - ядосано процеди той през зъби.

Рие-Ка се опита да разреди натрупващото се между двамата напрежение:

- Не разбирам защо не ни нападат? Защо не изпратиха още Вергаки срещу нас? Не че се оплаквам, де.

- Те са ни забелязали на самия край на обхвата на сензорите си. Но тогава бяхме във въздуха, а сега сме на земята, скрити зад тези дюни. Мисля, че в момента просто не ни виждат. Пък и сигурно основната им задача е да охраняват кораба на Покорителите - предположи Ян.

След като се успокои още малко, той поиска от Тиана друга гривна. Тя неохотно развърза нишката от врата си и му подхвърли една. Ян я нахлузи на ръката си и се опита да задейства нов Вергак. Но нищо не се случи. Макар че гривната присветна, над нея не се появи никакво изображение.

- Не разбирам защо не работи? Сигурно правиш нещо неправилно? - смъмри го Тиана и взе друга гривна от връзката. Сложи я на ръката си и след миг във въздуха увисна изгледа на познатия й тъмен хангар. Без никакво колебание Тиана изведе кораба от обслужващата го ниша и го насочи към изхода, като следеше образа, предаван от него. Секунди след като Вергака напусна хангара, холограмата изчезна. Докато Тиана в недоумение разклащаше гривната, Ян посочи към гигантския боен кораб в далечината:

- Вижте!

Три Вергака кръжаха над кълбото от пламъци, останало от управлявания от Тиана ловец. След като се увериха че е унищожен, те се присъединиха към патрулиращата група.

Ян поиска нова гривна от Тиана. Отчаяна, тя му подаде цялата връзка. Нямаше смисъл, беше невъзможно да изкарат друг кораб от хангара. Обикалящото отгоре ято щеше да осуети всеки техен опит.

Този път гривната се задейства. Вероятно първата бе свързана с някой повреден или унищожен Вергак, затова не работеше. Ян внимателно придвижи кораба към изхода на хангара. В мига, в който люкът започна да се отваря, два от патрулиращите ловци се насочиха към него. Ян дръпна кораба си назад, люка се затвори и двойката се върна към кръжащото в небето ято. Той се огледа наоколо с мрачен поглед. Идеите му бързо свършваха.

- Вие ще измислите нещо, нали? Няма да се откажете? Ще спасите народа ми? - Рие-Ка едновременно питаше, молеше и настояваше. Ян не знаеше как да отговори на очакванията й.

- Сещам се за един начин, но за съжаление той е запазен само за дамите. Не ми харесва, а не мисля, че и на вас ще ви хареса. Но само така ще можем да влезем. - Сведеният поглед на Ян виновно се взираше в краката на Тиана. Тя не го разбра веднага:

- Какво? А, не, не. Не! Няма да се оставя да ме хванат пак! Какво ти става, да не си полудял?

- Аз ще отида! - Рие-Ка решително се надигна от мястото си.

- Съжалявам, но трябва да отиде Тиана. - Ян се обърна към нея:

- Успокой се и помисли малко. Нужна си им жива, нищо няма да ти направят. Вече си била там и познаваш мястото. Освободила си се веднъж, с малко късмет ще успееш отново. После трябва просто да намериш някакво огледало и да поканиш Рие-Ка вътре.

Тиана нямаше избор. Ян беше прав, разбира се, и тя бавно закрачи към гигантския кораб.

- Чакай, къде тръгна? Ти ще бъдеш нашия пропуск в това свърталище на злото. Но как можа да си помислиш, че ще те пусна там сама? - Ян дяволито й намигна. В отговор получи само неуверена полу-усмивка. Но и тя му стигаше.

- Преди това обаче трябва да се погрижа за нещо. - Той се обърна към Рие-Ка и хвана ръцете й в своите. Погледът му се взря в безкрайната синева на очите й, настойчиво търсейки път към съзнанието й:

- Слушай ме много внимателно! Това което ще ти кажа е извънредно важно! Ако до мръкване не се върнем, ще трябва да бягате. Ти, и целия ти народ. Може би не днес, и не утре, но скоро. Ще е въпрос само на време Покорителите да поправят кораба си, и вие вече няма да можете да ги спрете. След това те ще излетят, и ще си приберат енергията, която захранва слънцето ви. А когато то угасне, няма да можете да оцелеете. Ще останете тук, без нанити и без магия. И вече ще е късно дори да избягате. Запомни тези думи, виж как се пишат - и надраска в пясъка: "Удавен! Спасете!". - Ще трябва да ги издълбаеш с нож в гърдите и на гърба на двама от хората си. Много дълбоко, до кръв. После ще отвориш тунел към моя свят. Търси сграда с червени кръстове по стените, пълна с хора в бели дрехи. Ако успееш, започни да пращаш хората си натам с мелкар. Прехвърли първо двамата с надписите, като изчакаш малко между тях. А ти мини последна. А, и гледай да не забравиш Меканор. И хората от другите села. Опасявам се, че няма да ти стигне времето да спасиш всички, но ти трябва да оцелееш, разбираш ли? Трябва! Само ти можеш да говориш и двата езика - вашия и нашия. Само ти владееш магията. Без теб твоите хора са обречени, а моят свят няма да бъде готов да посрещне Покорителите, когато един ден се завърнат. Само с теб народите ни ще имат някакъв шанс. С помощта на Риглода би трябвало да успееш да поддържаш прохода отворен остатъчно дълго, за да се прехвърлите всички. Дано да се спасите.

Очите на Рие-Ка се насълзиха:

- Но, Ян, това е нашият свят, винаги сме живели тук. В неговата земя са заровени костите на предците ни. Не можем да си тръгнем!

- Разбирам. И съжалявам. Но ако двамата с Тиана се провалим, и не си тръгнете, тук ще лежат и вашите кости. И няма да остане никой, който даже да разкаже за вас - кои сте били и как сте живели. Трябва да го направиш! Заради Икел-Ка!

Рие-Ка задавено кимна.

- Така, сега ще ни трябва огледало. - Ян бързаше да разсее мисълта на Рие-Ка от тягостната картина, която току-що бе нарисувал в съзнанието й. Но трябваше да е сигурен, че ако моментът за бягство настъпи, тя няма да се поколебае да направи всичко необходимо, за да спаси народа си. Както го беше правила през целия си съзнателен живот.

Той отиде до все още димящите останки на трите свалени Вергака. След кратко ровене в купчината отломки се върна с тънък лист от някакъв блестящ метал. Беше опушен на места, и имаше малка дупка в единия край, но щеше да свърши работа. Ян заравни една област в пясъка и постави плоското парче отгоре. После го поръси с тънък слой песъчинки и се обърна към следящите го с интерес магьоснички:

- Сега сте вие. Трябва да нагреете много силно цялата повърхност. Така пясъкът ще се разтопи до стъкло, а металният слой ще се разлее в тънък отразяващ филм отдолу.

Рие-Ка и Тиана се заеха да загряват пясъка и метала, докато високата температура ги спои в едно цяло. Отне им няколко минути, но огледалото се получи доста добро. Краищата му не бяха равни, но по-важното беше, че стана съвсем гладко.

- Надявам се да успее да изстине, докато ти потрябва. Сега сме почти готови да тръгваме.

И Ян отново се запъти към осеяната с изкривени парчета метал изгоряла земя, която вече веднъж бе ползвал като склад за части. Този път донесе къса тръба, правоъгълно парче от някакъв кафяв материал и дълга пръчка. Първо усука няколко пъти единия край на пръчката около китката си. Тя беше направена от неизвестен, но много здрав и пластичен материал. После огъна другия й край и го оформи като кука. Изви пластината във формата на цилиндър и проби отвор в долния край. Закрепи тръбата в него и нахлузи така получената маска на главата си. Можеше да диша през тръбата, но не и да вижда през непрозрачния материал. Двете магьоснички гледаха приготовленията му с еднакво недоумение, но любопитството на Тиана се предаде първо:

- Би ли ми казал какво правиш?

- Нали знаеш какво е статично електричество? - отвърна на въпроса с въпрос Ян. Без да може да види как Тиана кимва, той продължи, превръщайки въпроса си в риторичен:

- Искам да натрупаш електростатичен заряд в тялото ми, за да може пясъка да полепне по мен и да ме скрие. Ако ще идвам с теб не бива да ме виждат. Нито локаторът на Вергака, нито очите на магьосницата, която го управлява. А тази кука трябва да закачиш за мрежата, с която Вергакът ще те улови.

Той разпери ръце и замря неподвижно. Тиана не го накара да чака дълго. С тихо пукане заредените песъчинки го обгърнаха, покривайки тялото му с жълта маскировка. После двамата тръгнаха към космическия кораб на Покорителите. Тиана вървеше отпред, а Ян я следваше плътно по петите - човек от пясък, невидим в огромната пустиня. Държеше се за раменете й, тъй като не виждаше нищо. Рие-Ка ги проследи с поглед докато един Вергак вихрено се спусна към тях. Той чевръсто оплете Тиана с тънката си мрежа, и тя едва свари да закачи за нея куката, омотана около ръката на Ян. Само след миг чудовището понесе тежкия си улов към своето леговище.

Леки електрически импулси парализираха напълно тялото на пленената магьосница. Други се намесиха в ритъма на мозъчните й вълни, поставяйки я в състояние на дълбок сън. Тя меко се отпусна, напълно лишена от съзнание и воля.

Ян не виждаше и не чуваше нищо. Разбра че са пристигнали, когато усети твърда земя под себе си. С търкане разкри малко гола кожа на върха на показалеца си и я допря до металния под. Започна да разрежда натрупания в тялото си електростатичен заряд и да се освобождава от пясъчната си обвивка. Първо пръста, после дланта, накрая - цялата ръка. Колкото повече кожа изчистваше, толкова по-лесно напредваше. Скоро се осмели да свали маската, с която досега бе предпазвал устата и дробовете си чисти от пясъка. Когато очите му привикнаха към обкръжаващия го полумрак, с ужас установи, че Тиана не се виждаше никъде. Отново я беше изгубил.

Както и предполагаше, бяха ги довели в някой от многобройните хангари на бойния кораб на Покорителите. Нещо подобно на транспортна лента минаваше през цялото помещение. Вероятно с нея бяха отнесли приятелката му някъде. Но сега не се движеше. Нито пък се отваряха вратите от двете й страни.

Ян добре си спомняше разказа на Тиана за това място. Той сграбчи първия попаднал му инструмент и започна да претърсва гигантския кораб етаж по етаж. Две нива надолу видя светлина в коридора далече пред себе си. След като предпазливо наближи, различи две жени в бели дрехи, с контролни гривни на левите си ръце. С гръб към него, те влачеха след себе си нечие безжизнено тяло. Ян внимателно се приближи още малко и видя, че то бе на Тиана. Вцепени се от ужас, но след миг се сети, че тя бе ценна за Покорителите само ако е жива. Едва ли биха я убили, освен ако не се бе съпротивлявала. Трябваше да й помогне. Но какво би могъл да направи, сам срещу две магьоснички? Всргаките не то притесняваха, нямаше как да стигнат до тук. Коридорът бе твърде тесен за тях. Но не гривните правеха жените пред него толкова опасни. Той вече достатъчно добре знаеше на какво е способна магията, лично бе изпитал мощта й. Отчаяно отпуснал ръце продължи да ги следи от разстояние. И тогава някакво винаги бдително кътче от съзнанието му сглоби в едно разказа на Тиана и историята на Меканор.

Сътворителите бяха използвали магията като оръжие. За да се защитят, Покорителите пък бяха направили корпусите на космическите си кораби непроницаеми за нея. Всички външни стени и близките до тях помещения бяха обработени с атоми от тежкия метал, от който се правеха и нанитите. Това значеше, че тук магията не работеше, и на пътя му стояха две съвсем обикновени жени.

Предпазливо настигна двете магьоснички и с добре премерена сила удари лявата по тила. Още докато тя се свличаше на пода, другата се обърна и вдигна ръка към гърдите му. Очите й злобно проблеснаха. Тя запя нещо и Ян усети как краката му се отделят от пода и тялото му безпомощно полита назад. Успя да хвърли инструмента по нея и да я улучи в главата. Освободено от невидимата хватка на магията, тялото му продължи по инерция полета си назад. Той не успя да се извърти и тежко падна по гръб. Бавно се изправи, пренебрегвайки паренето в ожуления си лакът. Рамото му сякаш бе пронизано от хиляди горящи иглички. Едва можеше да движи ръката си. Но унижението от проявената глупост болеше повече. Ядосано изсъска сам на себе си:

- Колко си умен само! Как можа да забравиш, че собственото ти тяло е подвластно на магията, дори ако стените на коридора не са! Извади невероятен късмет, че въобще си жив!

Все още мръщейки се от болка, той се наведе над трите жени. Успокои се, когато установи, че бяха живи. Бързо освободи Тиана от въжето. От разказа й знаеше, че то също бе неподвластно за силата на магията. После използва двата му края, за да завърже здраво ръцете и краката на двете магьоснички. Накрая ги набута в една от затворническите килии и доволно кимна, когато вратата се затвори пред него. Тя се отваряше само отвън. И тези двете нямаше как да се измъкнат от там. След като премахна непосредствената опасност се наведе над Тиана, която още не беше дошла в съзнание. Той трескаво се опита да я събуди. Отначало внимателно, после все по-настойчиво. Разтърси раменете й. Няколко пъти я плесна по бузите. Нищо обаче не даваше резултат.

За момента нямаше какво повече да направи за нея, освен да подложи под главата й някакви не особено чисти парцали. Остави я да спи на пода на една стая със сензор от вътрешната страна на вратата. Така Тиана лесно щеше да излезе, след като се събудеше. Реши да свърши нещо полезно, докато я чакаше да се свести. Трябваше им огледало, и той щеше да намери. Не можеше да няма поне едно на този огромен кораб. И не какво да е огледало. Трябваше да е направено от материал, който реагира на магията. Иначе щеше да е безполезно. Затова Ян слезе надолу към недрата на кораба, по-далече от непроницаемия за магията корпус.

След като обиколи два етажа започна да се обезсърчава. Продължи да търси, но след всяка следваща стая увереността му намаляваше все повече и повече. Накрая разбра, че не беше просто липса на късмет. Отсъствието на каквато и да било отразяваща повърхност явно беше планирана защитна мярка срещу евентуална атака на магьоснички. Всички гладки плоскости, които беше открил, бяха гравирани с фини декоративни мотиви. Но щом не можеше да намери огледало, значи трябваше да си направи.

Погледът му с одобрение се плъзна по гладкия метален плот на голяма работна маса. Щеше да бъде напълно подходяща за мелкар, ако не бяха плитко изрязаните фрактални изображения. Ян трескаво започна да прехвърля различните инструменти, които му попадаха. Намери какво ли не - от измервателни прибори до всякакви горелки, резачки и уреди за спояване. Имаше и някакви странни предмети с напълно неизвестно предназначение. Тъкмо един от тях, подобен на бояджийска четка, се оказа това, което търсеше. Непознатият инструмент разпрашаваше всяка повърхност на произволна, предварително зададена дълбочина. След по-малко от минута Ян вече критично оглеждаше отражението си върху полираната маса.

Една ръка го потупа по рамото и той стреснато се обърна, насочил уреда напред.

- Чудя се дали изобщо е възможно да вдигнеш повече шум? - Насреща си видя засмяното лице на Тиана. - Хората тук се опитват да спят! - После продължи да се шегува за сметка на объркания Ян:

- Това нали няма да го използваш върху мен? Мисля, че и така съм си достатъчно гладка.

Неотърсил се напълно от изпитания ужас, Ян смутено проследи жеста й до ръката си, държаща разпрашителя. После бързо го наведе надолу.

- Виж, направих огледало. Да видим сега дали спящата красавица ще може да го използва? И то - не за да се любува на отражението си.

Лицето на Тиана стана сериозно:

- Не знам, Ян. Никога до сега не съм правила... как беше... мелкар. Но пък миналата седмица даже не знаех че владея магията. Не знаех дори че съществува магия. Ей сега ще разберем.

***

Рие-Ка седеше на изстиващия вече пясък, обхванала коленете си с ръце. Погледът й беше зареян нейде из буреносния хоризонт на неясното бъдеще. Изглеждаше уморена и отчаяна. Вглъбена в мислите си, тя не забеляза веднага как в направеното от стопен пясък огледало се отваря тунел за прехвърляне. Едва след няколко секунди бледото сияние я изтръгна от унеса й. Тя се изправи рязко и се обви в панвур от защитна магия. После преценяващо огледа прохода и решително премина през него. В слабо осветеното помещение, в което се озова, нетърпеливо я чакаха Ян и Тиана:

- Какво стана, вече мислехме че няма да дойдеш?

- Прощавайте, докато ви чаках се бях замислила за думите ти за преселението на народа ми. Те ме подсетиха за Риглода, а после си спомних и това, което Меканор ни разказа за него. И така, реших да се опитам да отворя съзнанието си към магическото украшение, и то ме посрещна открито, без капка враждебност. Този път нямаше никаква болка, беше като разговор между двама стари приятели, които не са се виждали от дълги години. И разбрах как да го използвам. Но забелязах нещо много странно. Много пъти, когато съм лекувала хора, ми се е налагало да се докосвам до съзнанията им, за да разбера

какво ги боли и как да им помогна. И всеки път тяхното съзнание беше силно разклонено - като дърво, или като река. Докато това на Риглода се оказа преплетено, като дъното на кошница.

Ян се замисли за момент, докато подреждаше новата информация в клетките на мозъка си. Трябваше му време за да изгради невидимите връзки между нея и това, което вече знаеше. После уверено заяви:

- Да, така е, защото той е изкуствен, а не жив. Направен е от Съзидателите, разумът му е различен, и мисли различно от нашите мозъци. Бях изненадан, че Риглодът въобще има съзнание, нямаше дори да пред-положа, ако не бях видял Меканор да си говори с него.

В този момент Тиана посегна и много внимателно докосна края на дрехата на Рие-Ка. Изглеждаше така, сякаш за първи път виждаше плат:

- Ти си се прехвърлила с дрехата си? Но как?

- Ами нали това ви обяснявах досега - Рие-Ка едва се сдържаше да по избухне в смях. След смаяната Тиана, сега и Ян я гледаше сякаш й бяха пораснали крила.

- Просто помолих Риглода да отмени забраната за прехвърляне на нежива материя. И той се съгласи, понеже ми вярва.

Ян удивено клатеше глава, неспособен да приеме поредната порция от нова информация. Съзнанието му си имаше някакви граници, и той явно ги бе преминал. Рие-Ка умело отвори проход към живописното езерце в селото на Кришла-Ка. Изминаха няколко минути, през които не се случи нищо. Тримата седнаха и зачакаха. Нямаше какво друго да направят. Не биваше да продължават сами. В момента, в който другите магьоснички ги забележеха, щяха да отприщят целия ад върху тях. И тогава всяка помощ щеше да е добре дошла. Но и чакането носеше своите рискове. Всеки миг някой можеше да забележи липсата на двете затворнички. Занизаха се секунди, дълги като векове.

Най-накрая Кришла-Ка се появи над огледалната маса. Но не каза нито дума. С леко любопитство се огледа наоколо, после все така мълчаливо погледна ръкавите на пурпурната си дреха. Излезе в коридора и чак тогава лаконично попита:

- Накъде?

Изненадата, която очакваха да видят у Кришла-Ка, се изписа на лицето на Тиана:

- За първи път вижда кораб на Покорителите! За първи път се прехвърля без да губи дрехите си! И всичко, което казва е "Накъде"?

Ян само сви рамене и тръгна след Кришла-Ка. Искаше да й каже, че още не знаят къде точно се намира реактора. Искаше да й обясни че се намират в много голяма изкуствена пещера, и че ще им трябва помощта й. Но не успя дори да отвори уста. Тънък лъч светлина беззвучно премина на сантиметри от главата на Кришла-Ка. Тя светкавично издигна малък защитен панвур около себе си и ги погледна с едва забележимо удивление:

- Толкова лесно ли си мислехте, че ще ме убиете?

- Не, ние не искахме... Това не беше... Нямаме нищо общо... - Ян беше уловил дивите нокти на яростта й, стаена под маската на безразличието. За първи път виждаше Кришла-Ка да проявява някаква емоция, колкото и прикрита да беше тя. Почувства някакво облекчение, когато видя че погледът й преминава покрай него, сякаш бе празно пространство. Тя говореше с двете магьоснички, напълно игнорирайки присъствието му.

- Не бяхме ние. Това е общият ни враг, за който ти казахме. И срещу който имаме нужда от помощта ти. - Рие-Ка излезе от стаята и застана до Кришла-Ка, излагайки се на същата опасност. Само след миг Тиана я последва. На Ян не му оставаше друго, освен да се присъедини към тях.

Погледите на всички проследиха угасналият вече лъч към дъното на коридора. После се впериха във висящото във въздуха оръжие. Поради липсата на човек, който да го държи, то изглеждаше нелепо. Но в никакъв случай не и безопасно. Тиана издигна голям защитен панвур около четиримата, но вътре в него Кришла-Ка не сваляше своя. Нямаше им доверие.

Към излъчващото светлина оръжие се присъедини и второ, а миг след това отнякъде долетя някакво друго, което веднага ги обсипа с блестящи фойерверки. Те избухваха и изчезваха в ярки искри при допира си с магическата полусфера, създадена от Тиана. Пръскаха се и озаряваха лицата им в различни оттенъци на зеленото. Зрелището беше невероятно красиво, но огромните дупки, зейнали в пода и стените на коридора, ясно показваха колко опасно е всъщност. Иззад завоя на коридора бавно се показа някакъв голям кубичен предмет.

Рие-Ка хвърли бърз въпросителен поглед към Тиана. След като получи кимване в отговор, без да се бави изстреля пулсиращо огнено кълбо направо през защитната стена. То погълна обстрелващите ги оръжия в ослепителен облак от пламъци и дим, и изплю малки капчици от блестящ метал. Изгарящият дъжд се посипа по пода и с тихо шипене потъна в него.

Кришла-Ка погледна Тиана с присвити очи, после свали защитата си. Това позволи на малката групичка да се уплътни, а на панвурът около тях - да се свие. Почти с тичане продължиха по коридора. Ян търсеше някакъв път навътре, към сърцето на кораба. Веднъж след като Кришла-Ка унищожеше енергийния му реактор, щяха да се опитат да се върнат към огледалната маса и да избягат. Нямаше голямо значение дали щяха да успеят. По-важното беше да унищожат заплахата за бъдещето на хората.

Скоро обаче се наложи да спрат. На пътя им се изпречи нова група оръжия. Този път съставът й беше планиран значително по-добре. Обстрелът беше разно-образен и непрекъснат. Когато потокът от лазерни лъчи секваше за миг, сеещата смърт щафета се поемаше от бълващи пламъци или киселина устройства. Засега защитната магия на Тиана успяваше да ги предпази, и скоро коридорът пред тях се осея с кратери и локви от горящ метал. Ян вече обмисляше дали да не се върнат, когато зад тях се появи подобна група оръжия. Осветлението по цялата дължина на коридора се беше включило. Някъде в далечината се виждаха жени в бели роби, които пренасяха подобни на сандъци предмети. Вероятно още оръжия и боеприпаси за тях. Най-лошото беше, че магьосничките, които ги обстрелваха с оръжия, вместо с магия, почти не се уморяваха. А колкото и могъща да беше Тиана, едва ли щеше да може да поддържа панвура си още дълго.

Ян се обърна към Кришла-Ка:

- Извинявай, но кога смяташ да се включиш? Защо не поемеш тези отзад?

Тя не само че не му отговори, но дори не го удостои с поглед. Беше под достойнството ѝ да разговаря с хора, които не владееха магията. Освен за да им заповядва, разбира се. Той примирено въздъхна.

Рие-Ка тъкмо бе изстреляла поредната си огнена топка, когато Кришла-Ка постави ръка на рамото ѝ:

- Оставете задните на мен. Кажи на Тиан-Ка да пропуска и моите светкавици. - След това започна методично да унищожава малката армия в тила им.

Изведнъж предната част на защитната полусфера на Тиана ярко присветна. Покорителите пробваха поредното си оръжие. Но този път в панвура зейна дупка, голяма колкото юмрук. Изглежда способността на нанитите да усвояват енергия все пак не беше безгранична. Тиана удивено ахна и проследи ръката на Ян, сочеща към някаква нова машина, появила се в дълбочината на коридора. Тя имаше странна форма, оръжието ѝ беше голямо и ясно се открояваше между останалите уреди, разположени по корпуса ѝ. По периферията на вертикално разположен диск бяха разположени дузина излъчватели. Всеки от тях можеше да се завърта самостоятелно, така че лъчите им да се концентрират в произволно избрана точка. И сега бяха съсредоточили цялата си енергия върху малко петънце на повърхността на защитния балон на Тиана.

- Това е оръжие, което пробива панвури! - ужасено простена тя.

- Вероятно изпарява всички нанити, които се изпречат на пътя му. Няма какво да направиш - опита се да я успокои Ян, докато тя упорито създаде нов панвур. Само за да го види пронизан отново секунди по-късно.

- Трябва да унищожиш самото оръжие! Както направи с камъка, на който Рие-Ка те обучаваше. - Той реши да пренасочи енергията й от безполезна защита, в нападение, което можеше и да успее.

Прехапала тънките си устни, Тиана леко кимна. Дясната й вежда се извиси гневно нагоре. Очите й се присвиха като крилете на пикиращ сокол скитник, устремен към нищо неподозиращата си жертва. За момент лицето й придоби призрачен вид, озарено от бледото сияние на разпадащата се на прах бойна машина.

Ликуващ, Ян вдигна длан за да я поздрави. Тиана понечи да я плесне в отговор, но не успя да довърши жеста си. Още недооформила се, тържествуващата усмивка замръзна на устните й. На мястото на първата машина се задаваше втора. Но този път около нея се мержелееше едва забележимата мараня на панвур.

Новопоявилото се оръжие фокусира лъчите си и стреля. В защитата на Тиана отново се появи процеп, този път широк цяла педя. Волята на магьосницата се стрелна към него и той веднага се затвори. След секунди последва нов изстрел, и панвурът й бе разкъсан на друго място. Това беше битка на изтощение, която тя все някога щеше да загуби. Ян наблюдаваше смъртоносното надиграване с нарастващо безпокойство. Животите на всички тях зависеха от умението на Тиана бързо да затваря разкъсванията и да поддържа защитната полусфера цяла. Той можеше да й помогне поне малко:

- Разшири панвура, това ще принуди машината да фокусира лъчите си наново! После пак го свий. Така ще я объркаме, и може да спечелим малко време.

Тиана го разбра на мига. Покорно следвайки командите й, панвурът започна да пулсира. Излъчвателите на оръжието нервно трептяха, докато се опитваха да се прицелят в една точка върху изплъзващата им се повърхност на защитния балон. Засега не успяваха, но магьосницата бързо губеше сили. Рие-Ка и Кришла-Ка, които все още се бореха успешно с останалите оръжия, също започваха да се уморяват.

Тиана и Рие-Ка явно измислиха нещо, защото се разместиха. Рие-Ка създаде малка защитна полусфера, вътре в тази на Тиана. Тя пък веднага свали своята, и я създаде наново, но вече около една от групите обстрелващи ги оръжия. Сви я около тях, сякаш гигантски юмрук, затваряйки целия този сеещ унищожение арсенал. Изстрелите многократно се отразяваха от вътрешните стени на свиващият се балон, неспособни да го пробият. Температурата се покачваше невероятно бързо. Последвалата мощна експлозия разтърси целия коридор. Ограничена отгоре от непроницаемия панвур на Тиана, цялата енергия на взрива премина през пода, оставяйки след себе си огромна дупка. От краищата й капеше разтопен метал. Бойната машина с излъчвателите нерешително спря на ръба, после бавно се отдръпна назад. За момент престрелката секна, докато враговете им преценяваха променената ситуация.

През отвора в пода на коридора се виждаше контролната зала и петимата Покорители. Те стояха напълно неподвижни, изцяло вглъбени в управлението на магьосничките. Ян посочи с ръка към тях, и точно преди да накара Рие-Ка да изпепели цялата зала, се сети за нещо. Защо да ги убиват, щом можеха да ги използват? Защо да унищожават кораба им, ако можеха да го завладеят? Той се обърна към Рие-Ка, но с друга заръка:

- Би ли помолила Кришла-Ка да покори съзнанията им? На петимата едновременно? И да ги постави под свой контрол. Би трябвало да й е много лесно, след като умовете им са заети да владеят съзнанията на магьосничките. От личен опит знам колко е добра в това, но мисля, че мен няма да ме чуе.

- Ще можеш ли да ги подчиниш на волята си? Да ги накараш да правят каквото искаш? - Рие-Ка въобще не изглеждаше убедена, че идеята е добра.

- Кой, тези зеленчуци ли? Че те дори нямат истински мозък, няма какво да им се контролира! - презрително отговори Кришла-Ка. И след малко лаконично добави:

- Готово! Какво искате да направят?

- Да продължат да правят това, което са правели досега. Да поправят това... желязно село. - Тиана дори не се опита да обясни на двете тукашни магьоснички какво представлява намереният от тях космически кораб.

- Да забравят за нас, и да не се опитват да отвличат повече магьоснички. Мисля, че тук си имат предостатъчно - добави Рие-Ка.

- Тогава ще трябва да остана тук, за да поддържам връзката си с тях. - От думите на Кришла-Ка както винаги не можеше да се разбере какво всъщност мисли тя. Дали беше доволна от създалата се ситуация? Можеше ли въобще да бъде доволна от нещо?

- В такъв случай обещавам да се грижа за хората ти като за свои. Ще им помагам с каквото мога, докато те няма. - На лицето на Рие-Ка беше изписана твърда решителност да спази обещанието си. За тези, които я познаваха, то дори не беше необходимо.

- Моля те, не ги наранявай! Може и да са били лоши някога, но сега са ни нужни. А и вече са съвсем беззащитни. - Тиана се молеше за живота на неколцината Покорители с такъв плам, сякаш ставаше дума за нейния собствен. Кришла-Ка я погледна с нескрита жестокост:

- Не знаеш нищо за живота, дете мое. Те не биха се поколебали да ти прережат гърлото в мига, в който отпусна контрола си върху тях. Това разбира се никога няма да се случи, така че не бой се за безценните си плевели. До последния ще изгният тук, но ще си довършат работата.

- А какво ще стане когато заспиш? - изпитателно я погледна Рие-Ка.

Кришла-Ка се замисли за миг, после уверено отвърна:

- Когато аз спя, ще спят и те. Всеки път преди сън ще ги поставям в състояние на дълбока кома. Ще са в съзнание точно толкова, че да поддържат контрола си над магьосничките. Но няма да са будни. И няма да могат да се събудят без мен. - Тя заинтригувано се захвана да разглежда прозрачните съдове, в които спяха пленените й посестрими.

Тримата тръгнаха назад по дългия път към огледалната маса. Не бяха защитени от панвур, нямаше нужда. Няколкото магьоснички, които срещнаха, побързаха да се дръпнат от пътя им. Кришла-Ка контролираше Покорителите, които от своя страна контролираха магьосничките. Тя винаги бе копняла за власт, и сега най-накрая я беше получила. Корабът беше в ръцете им. Поне така мислеше Ян, преди Рие-Ка да попари надеждите му:

- А помисли ли какво ще стане, ако някога Кришла-Ка реши да обърне кораба срещу нас?

- Ами... Не! - наложи му се да признае. - Беше в разгара на битката. Идеята ме споходи изведнъж, и тогава ми се видя доста добра. Но си права, не помислих.

- Не се безпокой, все ще измисля нещо. - Рие-Ка не изглеждаше особено притеснена. Сякаш беше попила частица от лекомислието на Тиана.

- Всъщност вие с Кришла-Ка не сте толкова различни. И двете владеете магията, и имате някакво чувство за чест и за дълг. Различава ви само изборът ви за какво да използвате силата си - за да се грижите за себе си, или за другите. Тя се съгласи да ни помогне и удържа на думата си. Може би пък няма да се окаже чак толкова лоша, в края на краищата? - Ян се опита да разсее малко мрачната перспектива. Ако обаче грешеше, можеше да се стигне до положение, в което Кришла-Ка да разполага с напълно боеспособен кораб на Покорителите, и със свои собствени представи за това как да го използва.

Рие-Ка не беше съгласна да бъде сравнявана с Кришла-Ка:

- Важно е както какво мислиш, така и какво правиш, и какво се получава накрая. Човек обаче има контрол само върху действията си. Не върху емоциите си, и не върху последствията. Да речем, че те мразя, това не мога да го променя. Но мога да избера как да постъпя - дали да те нападна, водена от омразата си, или не. И накрая - нямам контрол върху това какво ще се случи след това. Може да ти желая доброто, но с действията си в крайна сметка да ти навредя. И обратното. Затова съдя за човека по делата му, защото само те разкриват същността му. И те са единственият избор, който можеш да направиш в живота си. А делата на Кришла-Ка, поне досега, не говорят добре за нея.

Ян беше принуден да се съгласи:

- Мисля, че си права. В такъв случай ще се наложи да се разделим. Аз ще остана тук, с Кришла-Ка. Докато тя надзирава довършването на ремонта, аз ще разуча целия кораб. Трябва да проверя състоянието на реактора, двигателите, херметичността, контролните и навига-ционните му системи. И най-важното - ако смятаме да го използваме, ще трябва да намеря начин да приспособя живото-поддържащите му системи към нашите тела. Затова не ме мислете, тук ще имам работа за месеци наред. Ти ще се върнеш при хората си, а вече ще трябва да се грижиш и за народа на Кришла-Ка, след като й обеща. Така че и без да съм ясновидец, виждам доста пътуване в бъдещето ти. Надявам се само да не ни забравиш напълно, и да ни прехвърляш по-малко храна от време на време. Видях зеления бульон, с който хранят магьосничките, и не изглеждаше особено вкусен.

- Можеш да разчиташ на това. Дори ще ви посещавам от време на време, ако не за да видя как напредвате, то поне да се уверя, че Кришла-Ка не те е поставила под свой умствен контрол - увери го Рие-Ка.

Самата мисъл накара Ян да потръпне. Той дълго мисли, преди да продължи:

- Тогава ще потърся някакъв ключов елемент, без който системите на кораба да не могат да работят. Ако намеря такъв, ще го сваля, и ще ти го дам при някое от посещенията ти, за да го изнесеш и скриеш далеч от тук. Така дори Кришла-Ка да ме постави под умствения си контрол, без теб корабът няма да полети.

- А мен забрави ли ме? Какви са плановете на великия господар за смирената му робиня? - По устните на Тиана танцуваше игрива усмивка.

Ян обаче й отговори напълно сериозно:

- За теб всъщност предвиждам най-трудната работа. Надявам се да сме спечелили битката с петимата Покорители на тази планета. Но дори да е така, тръпки ме побиват само като си помисля колко ли още от тях има разпръснати из галактиката? И с колко кораба като този разполагат? Затова ще трябва да ни помогнеш, като събереш колкото успееш магьоснички от Земята.

- Искаш да се върна обратно? Сама? Докато ти оставаш тук? - Усмивката на Тиана геройски се опитваше да се задържи на лицето й.

- Нямаше да те моля, ако не беше важно. Също ще е много полезно, ако успееш да намериш и някоя и друга група изгубени нанити. Колкото повече - толкова по-добре. Те ще ти помогнат да разпознаеш магьосничките. Може даже да се поупражнявате заедно. Да ги подготвиш за това, което ги очаква. - Ян полагаше титанични усилия да не забележи оформящите се в ъглите на очите на Тиана мънички сълзици.

Рие-Ка се опита да я успокои:

- Ще ти дам малко от нашите нанити. С помощта на Риглода вече ще мога. Но се грижи добре за тях, те не са подарък, а заем. Един ден ще си ги поискам обратно.

- Само ако дойдеш лично да си ги прибереш!

Двете магьоснички се прегърнаха, давайки воля на чувствата си. За няколкото дни, прекарани заедно, бяха станали като сестри. Нищо не сближаваше хората така, както съвместно преживените опасности, и извоюваните рамо до рамо победи.

- Щях да ти дойда на гости и без да ме каниш. Вече знам пътя - шеговито се закани Рие-Ка.

- Винаги си добре дошла. Ще ти приготвя и "шкаф за дрехи". Точно до голямото ми огледало в коридора. Ама какви ги говоря, на теб никога повече няма да ти потрябва, нали сега си имаш Риглод.

- Това не значи, че ще се разхождам във вашия свят облечена в тукашните си дрехи.

Тримата продължиха да си разменят дребни, нищо не значещи закачки. Ян се шегуваше с дрезгав глас, нещо беше стегнало гърлото му. Невидима песъчинка пък дразнеше окото на Рие-Ка и го караше да сълзи. Тиана се смееше привидно безгрижно, но докато отмяташе косата от лицето си, скришом я използваше за кърпичка. Всички ясно осъзнаваха, че не могат да останат тук завинаги, че моментът на раздялата може да се отложи, но не и да се избегне. Накрая Рие-Ка стана и протегна ръце към Тиана, за да й помогне да се изправи:

- Време е. Приготви се, отварям проход към твоя свят.

След това простря ръце напред и запя най-тъжната песен, която Ян беше чувал. Тиана бавно стана. Още по-бавно пристъпи върху огледалната повърхност на масата и изчезна. Рие-Ка постоя още малко, сякаш очаквайки я да се върне. Накрая затвори прохода, обърна се и излезе от стаята без да каже нито дума.

***

Тиана нямаше нужда дори да се оглежда, познаваше много добре мястото, където се бе озовала. Намираше се в собствения си дом, облечена с магьосническа роба. Този път прехвърлянето беше минало съвсем гладко. Защитната сфера на нанитите я предпазваше през цялото време. Рие-Ка бе използвала Риглода, за да накара голяма група от тях да придружат Тиана. И тя ги усещаше, бяха като малък невидим облак над главата й, готови да изпълнят всяко нейно желание. На нея, и на всяка друга магьосница на Земята. Тя беше донесла със себе си магията в Силгум Ка-Яр.

От голямото стенно огледало, стигащо почти до пода, приветливо й се усмихваше великата магьосница Тиан-Ка. От другата му страна бяха останали приятелите й, бе останала частица от сърцето й. Тя внимателно съблече вече далеч не толкова бялата си дреха и намръщено огледа многобройните рани, драскотини и охлузвания, осеяли цялото й тяло. Най-после имаше достатъчно време да се занимае с тях.

- Така, да видим сега какво могат тези мъничета в моя свят? - с любопитство потърка Тиана ръце. Беше си у дома.

--- Край ---

Съдържание:

E-mail адрес на автора: KMoushkarov@abv.bg